PREMIÈRE

ET

DERNIÈRE DETTE

Propriété de l'éditeur.

IMPRIMERIE D. BARDIN, A SAINT-GERMAIN.

PREMIÈRE

ET

DERNIÈRE DETTE

PAR

Mme GABRIELLE D'ARVOR

—✦—

PARIS

LIBRAIRIE SAINT-JOSEPH

TOLRA, LIBRAIRE-ÉDITEUR

112, RUE DE RENNES, 112

—

1877

DÉDICACE

A

HENRI LUCAS DU COUDRAY

Vous m'avez demandé, mon petit ami, de vous dédier un livre composé pour de jeunes garçons : je vous offre avec plaisir cet ouvrage où vous lirez l'histoire d'un espiègle que son bon cœur a rendu un homme de bien.

Si ce livre avait été écrit uniquement pour vous, mon cher Henri, j'eusse esquissé le portrait d'un enfant doux et bon, travailleur et obéissant, qui vous eût ressemblé ; j'eusse montré à côté d'un père sage et intelligent, une mère douce et ferme comme la vôtre ; mais tous les enfants ne vous ressemblent pas, Henri, et leurs défauts sont malheureusement très-nombreux.

Tel qu'il est, lisez ce volume, et, si de mauvais exemples vous sollicitaient maintenant ou plus tard,

1

rappelez-vous que votre bonheur et la joie de votre famille se trouvent sûrement dans la voie suivie par Roger; laissez les nombreux Jules Dervieux que vous rencontrerez sur votre route, suivre la pente fatale de ce chemin séduisant dont les fleurs brillantes couvrent les épines meurtrières et dont les abîmes profonds ne rendent que des morts.

GABRIELLE D'ARVOR.

31 janvier 1877.

PREMIÈRE
ET
DERNIÈRE DETTE

I

ROGER DUBLANC

Plic! Plac! Patatrac!

— Ah! Jésus, bon Dieu! V'la l'orage qui commence. Pornic m'avait pourtant ben assuré que nous étions au calme! dit tout à coup la bonne Armelle en entendant les portes de l'appartement au-dessus de sa cuisine s'ouvrir et se fermer avec fracas.

Bim! Boum! boum, boum! Patatrac! bim! boum! boum!

— Jésus, Maria! continua la digne femme, c'est pas l'orage pour sûr! Dirait-on pas que tous

les farfadets des landes d'alentour cabriolent dans
nos escaliers.

Et avant que la bonne cuisinière ait eu le temps
d'en dire davantage, deux petites mains s'appli-
quaient sur ses yeux, deux gros baisers réson-
naient sur ses joues, et le farfadet s'échappait par
la croisée en riant aux éclats.

— Aïe! Monsieur Roger, pas si fort! Aïe,
Monsieur Roger! Madame! Monsieur le précepteur! Oh! là là! Le voleur! Pornic, au secours!
courez après! Il m'a pris une tarte aux pommes,
et il n'y en avait qu'une pour chacun! Qu'est-ce
que je vas leur donner ce soir pour dessert! Ah!
Monsieur Roger, méchant gourmand! Il court trop
vite, et son papa et sa maman qui sont en visite.
Arrêtez donc, monsieur Roger, rendez-moi ma
tarte aux pommes. Ne courez pas si vite, mes
vieilles jambes n'en peuvent plus... Et Pornic qui
rit au lieu de l'attraper. Aussi n'est-ce pas une
drôle d'idée à Monsieur de prendre un matelot
pour jardinier.

Oui, Pornic, les bras appuyés sur sa bêche, sa
brûlarde à la bouche, riait de voir dame Armelle
trotter aussi lestement qu'une tortue après le pe-

tit voleur qui faisait mille tours et détours comme le lièvre de la fable, passait en tourbillonnant auprès de la brave cuisinière et répondait à ses lamentations en croquant le gâteau à belles dents.

— Elle est bien bonne, votre tarte, mie Armelle. Quelle pâte croustillante. Tiens, Médor, tiens, mon chien, goûte ce morceau, c'est bon, n'est-ce pas? Voyez, Armelle, comme Médor fait honneur à votre pâtisserie. Va chercher, Médor, la vieille Melle en a encore. Va, Médor, et apporte surtout.

Et comme le chien frétillait de la queue sans comprendre :

— Tu ne sais pas comment on vole la bonne Armelle? Je vais te donner une leçon. Viens, Médor !

— Sainte Anne d'Auray ! s'écria la vieille Bretonne, s'ils se mettent à deux, il ne m'en restera plus. Avec ça que Médor ne sait pas voler! C'est un fin voleur que ce chien, et, si ce n'était le favori de Monsieur, je l'aurais assommé avec mon balai le jour où il a emporté le gigot, à preuve que M. le curé dînait ici et qu'on attendait le rôti à table pendant que Médor le mangeait dans son chenil.

— Et que la vieille Melle croyait que c'était le diable qui l'avait enlevé, ricana Pornic.

— Le diable ou Médor, c'est tout un, matelot; car Satan se loge souvent dans le corps des bêtes, comme chacun sait.

— Tante Armelle, le rôti brûle, cria du seuil de la maison une jeune servante dont les joues échauffées témoignaient qu'elle avait consciencieusement tourné la broche pendant l'incident que nous venons de reproduire.

Armelle reprit clopin-clopant le chemin de sa cuisine, en marronnant contre les enfants gourmands, contre les matelots, contre les chiens, contre le diable et contre les rôtis qui brûlaient dès que la cuisinière quittait un petit temps seulement le coin de son feu.

Pendant cela, Roger s'était installé à califourchon sur les larges épaules de Pornic, qui promenait son jeune maître d'un air ravi.

C'est que Roger était un aimable enfant quand il le voulait, et heureusement il le voulait souvent. C'était le favori de tout le monde dans la maison, surtout de la bonne Armelle qui l'avait vu naître et ne lui reprochait qu'une chose, ses vols journaliers dans sa cuisine, où il dérobait à son nez maintes et maintes friandises. Roger avait un bon petit cœur, mais une tête bien légère, et surtout il était gourmand, mais gourmand, mais gourmand ! Enfin c'était le meilleur client du docteur Topin; celui-ci disait partout qu'il payait les mois d'école de son fils avec les honoraires que lui valaient les indigestions de Roger.

Quelle honte, n'est-ce pas? Eh bien, Roger n'en rougissait pas et surtout ne se corrigeait point. Son vilain défaut était si connu qu'au dernier premier de l'an son parrain lui avait envoyé une boîte de thé vert pour étrennes, et à une séance de prestidigitation donnée dans la salle de la mairie, le prestidigitateur ayant annoncé qu'il allait évoquer les ombres des hommes célèbres, chacun, pour un léger supplément du prix de la place, voulut avoir droit à une évocation spéciale; quand arriva le tour du gourmand, un de ses cousins dit tout haut :

— Roger demande M. Purgaton.

Ce qui fit se pâmer tous les assistants, surtout le studieux Gustave Topin, à qui les indigestions de Roger avaient permis de connaître l'illustration de l'aide du célèbre docteur Diafoirus.

Un défaut est rarement unique, surtout un vice aussi dégradant que la gourmandise. Roger était aussi paresseux que gourmand, son précepteur ne pouvait rien obtenir de lui. Quand il ne mangeait pas, il dormait; quand il ne dormait ni ne mangeait, il faisait mille espiègleries semblables à celle que nous avons racontée au début de cette histoire pour présenter notre héros aux lecteurs. Les serviteurs, nous l'avons vu, adoraient leur jeune maître, qui était pour eux bon et affable; mais les parents de Roger ne pouvaient se laisser fléchir par les gentillesses de l'espiègle, ils avaient le devoir de le corriger de ses défauts. Son père, M. Dublanc, était un homme sérieux, intelligent et religieux. Effrayé des dangers qu'offrent souvent les colléges, il avait désiré élever son fils près de lui, sous la direction d'un prêtre distingué; mais Roger avait onze ans, son ignorance était extrême, ses défauts augmentaient chaque jour, et la surveillance du père et du professeur était neutralisée par les gâteries de la mère.

Mme Dublanc était une gracieuse et charmante femme, se croyant très-bonne chrétienne et excellente mère, et qui ne s'apercevait pas que dans son cœur elle avait laissé s'élever une idole, son beau, son cher Roger dont, à force d'amour, elle serait devenue le mauvais génie si elle n'avait eu un mari sage et clairvoyant.

Un soir, cet homme de bien dit à sa femme :

— Louise, si tu veux, nous irons demain prier ensemble à l'autel de la Vierge ; nous demanderons à Dieu qu'il m'éclaire et te fortifie ; car j'ai une grave décision à prendre et un grand sacrifice à te demander.

Le cœur de la jeune femme se remplit d'angoisse ; elle n'eut pas le courage de questionner son mari, son amour maternel craignait d'avoir deviné le sujet de sa préoccupation.

Le lendemain, au retour de la messe, les deux époux rentrèrent bien émus dans leur appartement.

— Louise, dit M. Dublanc, tu as compris qu'il s'agissait de Roger, n'est-ce pas?

— Hélas, oui ! répondit la mère en étouffant un sanglot.

M. Dublanc vint s'asseoir près de sa femme et lui prit tendrement la main :

1.

— Chère amie, notre affection pour notre enfant ne doit pas nuire aux obligations que nous avons envers lui. Bien des parents s'abusent étrangement en ne voyant pas que leur amour paternel n'est qu'un immense égoïsme; ils s'aiment dans leurs enfants et les aiment uniquement pour la joie qu'ils apportent dans leur vie. Ils oublient que les enfants doivent témoigner devant Dieu et devant la société pour ou contre les parents; Dieu qui les a donnés commande d'en faire de bons chrétiens, la société à qui ils appartiennent a le droit d'en attendre d'utiles citoyens; or, je crains que notre petit Roger ne soit ni l'un ni l'autre, s'il continue.

— Oh! mon ami, quelle erreur! Si tu voyais avec quelle ferveur le cher ange récite ses prières.

— Cette ferveur ne résistera point aux premiers souffles du monde, si elle n'est appuyée sur de solides vertus. Roger est bon, j'en conviens, mais il est gâté et les enfants gâtés deviennent le fléau de leur famille et la honte de leur pays; habitués dès l'enfance à tout rapporter à eux, à satisfaire tous leurs désirs, ils deviennent des êtres égoïstes, incapables de sacrifice, et sans l'esprit de sacrifice l'homme et la société sont perdus.

— Roger est si jeune!

— Raison de plus pour nous hâter de vaincre ses défauts, l'arbrisseau prend facilement la direction qu'une main vigilante sait lui imprimer. N'attendons pas qu'il soit trop tard. Notre fils est paresseux, honteusement gourmand.

— Il se corrige un peu, Georges, je t'assure.

— Mon amie, ses progrès ne sont sensibles que pour l'œil d'une mère. Je connais notre enfant aussi bien que toi, et ses qualités, loin de me cacher ses défauts, ne font que m'exciter à le vouloir plus parfait. Si tu savais quels malheurs on prépare souvent pour soi et pour ses enfants en cédant à tous leurs caprices et en les adorant follement!

— Mais alors, Georges, que veux-tu que nous fassions?

— Comment, Louise, tu ne l'as pas deviné? Nous séparer de Roger, le mettre au collége.

— Oh! jamais, s'écria la jeune femme en pleurant. Pauvre chéri, il en mourrait, et moi aussi. Georges, tu veux mettre ton fils au collége, toi

qui m'en as si souvent dépeint les graves inconvé-
nien's.

— Mon amie, il y a des pensionnats religieux
et même laïques où les inconvénients que je voulais éviter pour mon fils sont aussi atténués que
possible ; le jeune homme y reçoit, avec d'excel-
lents principes, l'éducation publique nécessaire à
notre époque. A Rennes, Mgr Saint-Marc a fondé
et protége l'école Saint-Vincent, c'est dans cette
institution que je désire mettre notre fils.

— Et nous, gémit Mme Dublanc, que devien-
drons-nous sans lui, en admettant qu'il puisse vivre
loin de nous? Le pauvre mignon! non, sa mère
au moins ne l'abandonnera pas ; j'irai à Rennes
avec lui.

— Et que deviendrai-je, moi? fit le mari en
souriant.

Mme Dublanc rougit ; la chrétienne comprit
qu'elle n'était pas seulement mère et que ses
obligations d'épouse ne pouvaient être primées
par aucune autre ; mais elle connaissait son mari,
et elle reprit en essuyant ses pleurs :

— Tu viendras avec nous, Georges ; tu aimes
ton enfant, et tu souffrirais d'en être séparé.

M. Dublanc avait prévu cette conclusion, et il s'était résigné d'avance à sacrifier sa paisible existence des champs, qui lui plaisait tant, à l'intérêt de son fils bien-aimé.

Roger fut prévenu que dans un mois il entrerait comme externe à l'école Saint-Vincent. Sa paresse s'effraya de cette décision ; mais la bonne Armelle, qui suivait ses maîtres à Rennes, glissa à l'oreille du jeune gourmand que dans la grande ville il y avait de beaux magasins remplis de gâteaux bien meilleurs que ses tartes. Cette perspective calma le chagrin de Roger, et chacun, dans la maison, se prépara assez gaiement au départ.

II

UN VOYAGE EN DILIGENCE

Un mois plus tard, M. et Mme Dublanc, accompagnés de Roger, quittaient leur paisible habitation de campagne pour venir à D... prendre la diligence de Rennes.

A l'époque où se passe notre histoire, les chemins de fer ne sillonnaient pas les départements de la basse Bretagne; le progrès que Brizeux voyait avec douleur s'infiltrer dans son pays tant aimé n'avait point encore altéré les antiques vertus de

> La race courageuse et pourtant pacifique!
> Comme aux jours primitifs la race aux longs cheveux
> Que rien ne peut dompter quand elle a dit : Je veux ! !

On a beaucoup dit et même beaucoup écrit

1. Brizeux.

pour et contre les chemins de fer. Nous n'aurions garde d'entrer dans cette ardente discussion et de rompre une lance avec les partisans des vieilles coutumes, parmi lesquels nous aimons à nous ranger en toute autre circonstance.

Chaque chose en ce monde a son bon et son mauvais côté. On ne peut nier que les chemins de fer n'aient contribué à enlever à notre bonne France son ancienne simplicité, son noble désintéressement, l'amour de la famille et du sol natal. La facilité de communications, en développant le goût du luxe, du confort, a fait naître ce désir immodéré de la richesse qui pousse l'homme à quitter son pays pour aller au loin chercher la fortune dont il n'avait pas jusqu'alors senti le besoin.

« Heureux le temps où l'existence s'écoulait paisible à l'ombre du toit qui avait abrité le berceau, au milieu de parents et d'amis qu'on ne quittait jamais; où la cloche qui avait sonné le baptême sonnait aussi l'heure du dernier sommeil. Aujourd'hui, on voyage, on connaît la France, l'Europe, le monde entier; mais on se détache peu à peu des affections du foyer et de la patrie; on perd toute nationalité; on devient un étranger partout, et, quand un jour le dégoût envahit le cœur et y réveille cet instinct patriotique qui ne s'éteint jamais, on revient sur le sol natal comme un inconnu dans un pays nouveau. Et, pour peu que l'absence ait été de quelques années, que retrouve-t-on aux lieux qui nous ont vus naître? Combien existe-t-il d'hommes de ceux que nous y avions laissés pleins de vie? Là sont des tombeaux où étaient des palais; là des palais où étaient des tombeaux; le champ paternel est livré aux ronces ou à une charrue étrangère; et l'arbre sous lequel on fut nourri est abattu[1]. »

Mais sont-ce bien les chemins de fer qui ont produit tout ce mal? La vertigineuse machine a-t-elle donc, sur son passage, consumé tous les nobles sentiments? Non, la cause du désordre moral que l'on déplore n'est pas là. Le progrès est une chose bonne et utile lorsqu'il est inspiré par une pensée chrétienne; mais, conduit par l'esprit impie et révolutionnaire, il va en sens inverse et produit tôt ou tard un affreux déraille-

---

1. Chateaubriand, *Génie du christianisme.*

ment. Chaque fois que la science humaine a voulu séparer l'homme de son créateur, elle a abouti à ce déplorable résultat. Mais ce n'est pas ici le lieu de rechercher les moyens qui eussent pu concilier les sages et vieilles coutumes avec le développement naturel de la science et de l'industrie modernes ; il est du moins permis de constater un fait, c'est que les voyages sont devenus aujourd'hui moins difficiles et moins fatigants qu'au temps des ces affreuses pataches où s'entassaient pêle-mêle de trop nombreux voyageurs. On avait comme compensation, il est vrai, la vue de sites pittoresques que l'on pouvait admirer à loisir, les incidents imprévus, les rencontres originales. Un voyage en diligence formait époque dans la vie. On faisait connaissance avec les compagnons de route près desquels on vivait pendant plusieurs jours, descendant aux mêmes hôtels, mangeant à la même table, partageant les mêmes impressions. De ce rapprochement naissaient souvent des amitiés précieuses que l'on aimait à conserver ensuite et qui dédommageaient bien des ennuis d'un pénible voyage.

Il était neuf heures du matin lorsque la famille

Dublanc arriva dans la petite ville de D... La diligence stationnait devant l'*Hôtel du Lion d'Or*. Le temps était fort beau, beaucoup de curieux se promenaient sur la place pour voir arriver et partir les voyageurs. Le passage de la diligence constituait une des rares distractions de cette paisible localité, aussi les habitants étaient-ils avides de ce spectacle parfois curieux.

— Allons, en voiture! cria tout à coup la voix du conducteur.

M. Dublanc se dirigea vers le coupé, plusieurs voyageurs y étaient déjà installés.

— Que signifie ceci? dit M. Dublanc en s'adressant à l'entrepreneur de la diligence, voilà huit jours que le coupé m'a été promis.

— On a fait une erreur, répondit l'employé d'un air embarrassé, car le coupé est arrêté depuis quinze jours.

— Comment faire? Il faut absolument que nous partions aujourd'hui.

— Il y a des places dans l'intérieur, reprit l'entrepreneur.

— Je ne puis voyager autrement qu'en coupé.

— Il faut cependant s'y résigner, fit en souriant Mᵐᵉ Dublanc.

— Ma chère, tu n'y songes pas, nous allons être assurément pêle-mêle, et la chaleur et la poussière !...

— Nous en aurions aussi dans le coupé.

— On y est moins nombreux et il y a plus d'air.

— Décidez-vous, reprit le conducteur, vos bagages sont déjà là-haut.

— Papa, nous partirons un autre jour, dit Roger.

— C'est impossible, répliqua Mᵐᵉ Dublanc.

Et, après avoir pris congé d'Armelle qui devait la rejoindre bientôt à Rennes, elle monta résolûment dans la diligence ; son mari la suivit en soupirant, et Roger, que le voyage amusait, s'installa entre sa mère et le sac de provisions.

Plusieurs voyageurs occupaient déjà l'intérieur de la voiture. C'était d'abord une dame douée d'un de ces visages insignifiants que l'on ne prend même pas la peine d'examiner. Près d'elle se trouvait un jeune homme de vingt-cinq ans environ, blond, pâle, aux traits un peu anguleux, aux yeux bruns et expressifs, à la physionomie à la fois originale et sympathique, vêtu d'un costume assez bizarre tel qu'en portent habituellement les joyeux admirateurs des muses; une petite valise en bandoulière contenait sans doute son bagage artistique : c'était un touriste.

Le moment du départ étant arrivé, le conducteur monta lourdement à son siége, asséna un vigoureux coup de fouet à ses cinq haridelles, et la diligence s'ébranla ; mais à peine avait-on traversé une rue, qu'elle s'arrêta et le postillon vint ouvrir la portière.

— Entrez vite, monsieur, dit-il en s'adressant au voyageur qui était un jeune homme de trente à trente-deux ans, d'un aspect fort distingué ; un peu plus, ma foi ! vous auriez pris une autre voiture.

— Ne pouviez-vous m'attendre un instant?

— Monsieur, on n'attend jamais ; s'il fallait prendre l'heure de chacun, je ne sais quand on partirait. Montez donc et ne dérangez personne.

— La politesse ne fait pas, je vois, partie de vos attributions, répliqua le jeune homme en s'asseyant à la seule place libre, près de la portière.

— Allons, dit tout bas M. Dublanc à sa femme, la compagnie n'est pas mauvaise, il faut tâcher d'en tirer parti et de passer agréablement son temps.

Et s'adressant à son vis-à-vis, qui avait ouvert son album et ajoutait, pendant que la voiture gravissait péniblement une montée, quelques traits à une scène de départ d'une diligence qu'il venait d'esquisser à la hâte, le père de Roger demanda :

— Vous êtes artiste, monsieur?

— Oui, monsieur, je suis Gérard Aubert, médaillé au dernier Salon, répondit le jeune homme avec un naïf orgueil, en relevant de la main ses épais cheveux blonds.

— Je suis enchanté de faire votre connaissance, monsieur Gérard Aubert; je me souviens parfaitement d'avoir vu votre nom signalé dans les comptes rendus du Salon. Ainsi, vous parcourez notre province pour esquisser ses sites pittoresques?

— Précisément.

— Me permettez-vous de jeter un coup d'œil sur votre album?

— Oh! volontiers.

L'album renfermait de charmants croquis, de délicieux paysages, de spirituelles pochades; il passa de mains en mains, et la conversation devint générale. Roger voulut voir à son tour; l'artiste se prêta complaisamment à ce désir et répondit fort gaiement à toutes les questions que lui adressait l'enfant sur les sujets de ses dessins.

— Vous n'êtes pas de notre pays? lui demanda Mme Dublanc.

— Non, madame, je n'ai pas ce bonheur.

— Ce bonheur! fit la jeune femme avec orgueil.

— Oui, madame, ce bonheur! car c'en est un d'appartenir à ce beau et noble pays. J'ai beaucoup voyagé et j'ai pu comparer les diverses parties de la France, ainsi que leurs populations; et, à mon avis, la Bretagne est la province la plus intéressante par les beautés agrestes de son paysage, en même temps que le pays où se sont le mieux conservées les vieilles traditions et les saintes croyances.

— Avec même un peu de superstition, dit le dernier voyageur, que M. Dublanc avait reconnu pour l'avoir vu chez un de ses amis et qui se nommait Gustave de Vivier.

— C'est vrai, répondit Gérard Aubert; mais j'admire la simplicité de cette foi naïve, je vous dirai même que j'ai pris souvent plaisir à voir les manifestations de la dévotion populaire des Bretons.

— Les choses prises au point de vue de l'art ont un aspect tout différent; je gage que dans votre album se trouve le croquis de quelqu'une de ces scènes que vous admirez.

— Oui, monsieur; connaissez-vous ceci?

— Montrez, fit Roger.

L'artiste présenta deux dessins. L'un représentait un petit village sur une falaise baignée par la mer; une longue grève y conduisait; sur la pointe de ces rochers surgissait une vieille chapelle qui semblait la gardienne vigilante de ces côtes.

— Qu'est-ce que cette église? demanda Mᵐᵉ Dublanc. Est-ce un lieu de pèlerinage?

— Oui, c'est la chapelle de Notre-Dame-de-l'Armor; elle est située à l'entrée de la rade de Lorient. J'y suis allé un jour, c'était la fête de l'endroit, le pardon, comme ils disent dans ce pays. La population, en habits de dimanche, allait et venait au milieu des boutiques ambulantes, des petits théâtres et des jeux de toute espèce; c'était un charmant coup d'œil. Parfois le bruit du canon se faisait entendre dans le lointain; il partait des navires qui entraient en rade et saluaient en passant celle que, dans leur poétique langage, les marins appellent l'Étoile des mers.

Dans la chapelle, les pêcheurs et les matelots venaient se recommander à la Sainte-Vierge avant d'entreprendre un périlleux voyage; les femmes priaient pour les absents et balayaient l'église du côté qu'elles désiraient que soufflât le vent.

— Connaissez-vous, à ce sujet, les beaux vers de Brizeux?

— Non, dirent à la fois Gérard et Gustave.

— Tu les sais, toi, papa? fit le petit Roger.

— Oui, et les voici :

Or, la nuit, balayant une antique chapelle
En ruine et bâtie au pied d'une tombelle,
La femme du vieux Coulm, vieille aussi, murmurait,
Comme pour épancher quelque étrange secret :

« Je te brave, tempête! Ici, je ferai seule
« L'œuvre qu'en sa jeunesse a faite mon aïeule,

« Quand devant elle, honneur du pays de Léon,
« L'Océan dut courber sa tête de lion.

« Travaille, mon balai, travaille! Il est des charmes
« Plus sûrs que les soupirs et plus sûrs que les larmes,
« Charmes aimés du ciel et qui forcent les vents
« Insensés et les flots d'épargner nos enfants.

« Mon ange le sait bien : je ne suis point païenne,
« Ni sorcière; je suis une femme chrétienne :
« Aussi je veux jeter aux quatre vents de Dieu,
« Pour dompter leur fureur, la poudre du saint lieu.

« Travaille, mon balai! Par des vertus pareilles
« Souvent j'ai dans les airs dispersé les abeilles;
« Oui, mon vieux Colomban, demain tu reviendras,
« Et vous, mes trois enfants, vous serez dans mes bras!

Allez contre les vents, allez, sainte poussière!
« Née aux pieds des chrétiens, vous n'êtes point grossière :
« Des marches du portail aux marches de l'autel,
« Je croyais m'avancer par un chemin du ciel.

« Car sur vous ont marché les diacres et les prêtres,
« Les pèlerins vivants et les morts nos ancêtres;
« Fleurs des bois, grains d'encens, reliques des parvis,
« Demain vous me rendrez mon époux et mes fils! »

Comme elle se taisait, voici venir vers elle
Quatre pêcheurs sortant pieds nus de la chapelle;
La vieille tout en pleurs tomba sur ses genoux,
Criant : « Je savais bien, moi, qu'ils reviendraient tous! »
Et du sable et de l'algue écartant les souillures,
Heureuse, elle embrassait toutes ces chevelures.

— Quelle charmante poésie! firent les deux
jeunes gens lorsque M. Dublanc eut achevé; mais
quel singulier usage! ajouta M. de Vivier.

— Cet usage vous semble étrange, reprit Gérard ; moi, je le trouve très-pittoresque.

— Je le comprends de la part d'un artiste.

— Ce pays, monsieur, est fait pour inspirer les poëtes ; c'est une mine pour les touristes.

— Et vous l'exploitez, je le vois.

— Qu'est-ce que ceci? demanda Roger, qui s'était emparé du second dessin et l'examinait curieusement.

Il représentait une fontaine au bord de laquelle se penchaient plusieurs femmes.

— Cela reproduit une scène qui m'a beaucoup frappé, et dont j'ai été témoin à mon passage dans le petit village de l'Armor. Ces femmes, penchées sur la fontaine, y jettent de petits morceaux de pain ; suivant une croyance, bien superstitieuse, je vous l'accorde, elles croient que, si le pain reste à la surface de l'eau, leurs époux ou leurs fiancés qui sont en mer reviendront sains et saufs. Voyez cette jeune fille qui s'éloigne d'un air triste : son pain est resté au fond de l'eau, son fiancé ne reviendra point.

— C'est très-poétique, on ne peut le nier, répondit Gustave de Vivier

En ce moment, la diligence s'arrêta.

— Qu'y a-t-il? dit l'artiste.

La portière s'ouvrit; une bonne femme, chargée de deux paniers, se présenta escortée du conducteur.

— Il faut vous serrer un peu, dit-il.

— Nous serrer! répéta Gérard avec effroi, est-ce que nous ne le sommes pas assez?

— Allons, pressez-vous encore un peu.

— C'est impossible, répondit M. de Vivier, nous sommes au complet.

— Allons, mon brave monsieur, soyez un peu complaisant.

— C'est inutile, vous dis-je, je ne bougerai pas. Voulez-vous que nous écrasions ces dames!

— Je ne peux pas laisser cette femme sur la route, cependant.

— Mettez-la dans le coupé.

— Ils sont déjà quatre.

— Ils seront cinq.

— Voyons, monsieur, soyez plus obligeant, dit le voiturier en se tournant vers l'artiste.

— J'ai payé ma place entière, je ne la partagerai pas, répondit celui-ci.

— Montez quand même, fit le conducteur en poussant la grosse femme dans la voiture.

— Ah çà, où allez-vous la mettre? pas sur nos pieds, je suppose? Il fait encore trop chaud pour nous donner une semblable chancelière.

— Qu'on la suspende aux courroies avec les parapluies, dit Gustave de Vivier en riant.

— Aïe! cria l'artiste en portant la main à ses cheveux bouclés, j'aime mieux encore l'avoir près de moi que sur ma tête.

— Poussez-vous donc alors, fit la voix rauque du conducteur.

— Passe encore pour la femme, gémit l'artiste en se collant contre son dossier, mais les paniers!

Sans écouter les propos qui s'échangeaient à son sujet, la brave femme avait réussi à se faire une place; elle s'assit tant bien que mal entre Gérard et la dame d'un certain âge, pendant que Mᵐᵉ Dublanc l'aidait à placer ses paniers avec toute la complaisance qui distingue une femme bien élevée.

L'artiste était hors de lui.

— Conducteur! holà, conducteur!

— Qu'y a-t-il? fit celui-ci en revenant sur ses pas.

— Si vous avez de la conscience, vous me remettrez la moitié du prix de ma place.

— Eh! morbleu! grommela le brave homme, vous n'êtes pas nombreux pourtant aujourd'hui; j'en ai mis souvent bien davantage, mais dame! ils étaient d'une autre composition.

— Oh! je le crois sans peine, répliqua l'étourdi; car, tel que je suis, il m'est impossible de me mouvoir dans cet espace. Et moi qui m'étais promis de faire un voyage d'agrément! soupira-t-il d'un air de tristesse comique qui fit éclater de rire tout le monde. Je ne sais trop si je n'aimerais pas mieux aller à pied.

— Je crois, dit M. Dublanc avec bonne humeur, que, maintenant entassés, ce que vous avez de mieux à faire est de rester comme vous êtes; vous ne pourriez plus reprendre votre place.

— Cela est certain. Mais, dites donc, conducteur! je pense que désormais vous ne prendrez plus de voyageurs?

— Eh! monsieur, on ne peut laisser les gens sur la route.

2.

— Oh! pour le coup, je descends.

— Mon Dieu! tenez-vous donc tranquille. Comme ces Parisiens sont peu accommodants! marronna le conducteur en s'éloignant.

Un bruyant éclat de rire accueillit cette réflexion. Pour ces gens-là, tous les étrangers sont des Parisiens.

Le touriste s'adressa à M. de Vivier.

— Êtes-vous aussi Parisien, monsieur, vous qui avez refusé de recevoir le ballot?

— Non, je suis de l'Anjou.

— Très-bien, je constate avec plaisir que les gens de l'Ouest ne sont pas plus accommodants que les Parisiens.

Les incidents du voyage vinrent le distraire, et il reprit bientôt toute sa gaieté.

— On s'accoutume à tout, disait-il plaisamment.

A l'entrée des villages, les habitants venaient sur leurs portes pour voir passer la diligence, les enfants suivaient courant, souhaitant la bienvenue aux voyageurs et recevant les petits liards que ceux-ci leur jetaient.

— Je voudrais bien aussi distribuer les paniers

de ma voisine, contenant et contenu, dit à demi-voix l'artiste qui heurtait sans cesse ses pieds contre cet obstacle.

Roger s'amusait à partager avec les petits pauvres les gâteaux dont il soulageait le sac maternel ; les incidents du voyage l'intéressaient, mais ne pouvant prendre part à la conversation générale, il s'en dédommageait en mangeant comme un petit glouton.

— Votre fils a un bon cœur, dit à Mme Dublanc la vieille dame touchée de la générosité de Roger envers les petits poursuivants de la diligence.

— Et un bon estomac, ajouta l'étourdi Gérard chez qui la parole précédait souvent la réflexion.

Cette remarque attira l'attention de M. Dublanc sur son fils ; il s'empressa d'enlever le panier de provisions laissé près de Roger et le gronda de sa gourmandise.

— J'avais faim, fit le petit garçon.

— Il fallait demander à ta mère.

L'enfant se mit à bouder, mais Gérard parvint bientôt à lui rendre sa bonne humeur en lui montrant des dessins et en lui racontant de petites

histoires. Une demi-heure après, ils étaient devenus les meilleurs amis du monde.

On arriva bientôt dans un petit bourg où la
diligence devait s'arrêter une heure. Il était
midi.

— Descendons-nous, Louise? demanda M. Dublanc à sa femme.

— Oui, il faut essayer de nous procurer un
déjeuner quelconque.

— Où allons-nous déjeuner, maman, dit Roger;
il n'y a pas d'hôtel ici?

— Est-ce que vous avez faim? lui demanda
Gérard.

Roger rougit et se détourna sans répondre.

— Madame, dit M. de Vivier, j'ai déjà fait ce
voyage, je connais cet endroit, et si vous voulez
me permettre de vous servir de guide, je vous
conduirai à l'auberge la plus présentable du
bourg.

C'était une maison de peu d'apparence. Un
gros homme au teint rouge se tenait devant la
porte, un tablier blanc autour de sa taille épaisse,
attendant les voyageurs.

Il ôta son bonnet de fourrure et dit :

— Ces messieurs et ces dames désirent déjeuner?

— Oui, répondit M. Dublanc.

— Donnez-vous la peine d'entrer dans la salle à manger, on va vous servir.

Il introduisit les voyageurs dans une salle basse et enfumée.

— Que désirez-vous? dit-il cérémonieusement.

— Ce que vous aurez, répondit Mᵐᵉ Dublanc.

— Nous avons bien des choses, cela dépend des goûts de madame.

— Alors donnez-nous un beef-teak.

— Nous n'aurons du bœuf qu'à la Toussaint, répondit l'hôtelier.

— Eh bien, des côtelettes de mouton ou une tranche de veau froid.

— Madame me demande justement les seules choses que je ne puis lui donner.

— Servez-nous une volaille.

— Si j'avais été prévenu de l'arrivée de madame, j'aurais pu lui en préparer.

— Mais qu'avez-vous donc? demanda brusquement M. de Vivier.

— Dame ! nous avons du jambon, du saucis-
son...

— N'avez-vous pas d'œufs ?

— Oh ! si j'avais su que madame les aimait,
j'en aurais fait servir de suite.

— Préparez une omelette, dit M. Dublanc.

— A la confiture, hasarda Roger.

L'hôtelier lui lança un regard indigné et reprit
comme s'il n'avait pas entendu la réflexion de
l'enfant :

— Bien, je vais vous faire une omelette au lard,
c'est la renommée de l'hôtel.

— Oh ! non, au sucre, réclama Mᵐᵉ Dublanc.

Le brave homme parut perplexe.

— Madame..., fit-il d'un air embarrassé, je dois
dire à madame que c'est aujourd'hui la foire à la
ville...

— Qu'est-ce que cela a de commun avec l'omelette ? interrompit Gérard.

— C'est que le petit est allé chercher des provisions à la ville ; il doit passer chez l'épicier... nous
avons consommé beaucoup de sucre ces temps-ci.

— Et vous n'en avez plus ? finit Mᵐᵉ Dublanc.
N'y a-t-il pas d'épicier dans le bourg ?

— Oh! si, madame, je pourrai bien envoyer voir s'il lui en reste.

— C'est inutile, nous sommes pressés; préparez une omelette au sel. Vous avez du sel au moins?

— Oh! madame!

— Eh bien, servez vite alors, car nous avons peu de temps.

La femme de l'hôtelier posa une nappe bien blanche sur la table, remplit une cruche de cidre et apporta un pain noir bien frais dont l'odeur était très-appétissante.

Roger s'était glissé près de la brave femme et lui avait dit quelque chose tout bas.

— Oui, mon petit ami, répondit-elle, j'en ai et de bien bon encore.

Et allant à un bahut qu'elle ouvrit, elle en tira un morceau de beurre.

— En voilà et de bonne qualité, fit la bonne femme avec une certaine satisfaction en posant l'assiette sur la table.

— Roger pense à tout, remarqua Gérard.

L'hôtelier entra dans la salle et posa triomphalement son omelette qui avait très-bonne mine.

— Elle est sucrée, dit-il d'un air satisfait, qui fit rire tous les voyageurs.

On ne lui demanda point où il s'était procuré la précieuse denrée, et on commença à déjeuner.

— Que servirai-je ensuite? demanda l'aubergiste.

— Ce que vous avez.

— Mais que veut madame?

— Faites-nous grâce de ces cérémonies, dit brusquement M. Dublanc, puisque vous n'avez rien de ce que madame demande; servez-nous ce que vous avez.

On apporta aux voyageurs du fromage et des pommes.

Après ce frugal repas, ils quittèrent l'auberge et se dirigèrent vers la diligence qui allait partir.

Gérard éprouva un mouvement de désespoir en voyant la femme aux paniers, sa voisine, qui se préparait à monter en voiture.

— Je croyais que vous vous arrêtiez ici?

— Eh ma fine! me faille bien continuer mon voyage, répondit-elle.

L'artiste et Roger partirent d'un éclat de rire qui acheva de déconcerter la bonne femme.

— Allons, y êtes-vous? cria le conducteur, lorsque tous les voyageurs eurent repris leur place.

— Oui, oui, nous y sommes, répliqua Gérard; comptez, brave homme, si toutefois vous pouvez nous distinguer dans cette masse.

— Vous êtes bien à l'aise de ce côté, dit le voiturier en se tournant vers M. et Mme Dublanc; ne pourriez-vous pas prendre un jeune garçon qui va à la ville voisine?

— C'est impossible, se hâta de répondre M. de Vivier.

— Vous n'êtes pas obligeant, monsieur.

— Pensez de moi ce que voudrez, mais je n'accepterai personne.

— Madame sera plus charitable que vous.

— Nous sommes assez nombreux, répondit M. Dublanc.

— Eh parbleu! je lui ferai une petite place sur mon siége. Sont-ils peu commodes ces Parisiens!

— Consolez-vous, dit M. de Vivier à l'artiste; vous êtes vengé, il nous a traités nous aussi de Parisiens.

III

UNE ÉMOUVANTE AVENTURE

La diligence partit. Une heure plus tard, à l'entrée d'une petite ville, la femme aux paniers déclara qu'elle allait descendre. Gérard montra en cette circonstance une obligeance à laquelle sa voisine n'avait pas été accoutumée. Il l'aida à descendre de voiture, lui fit passer ses paniers l'un après l'autre, et lui souhaita le bonsoir d'un ton sérieux qui fit éclater de rire les voyageurs, mais qui parut toucher vivement la brave femme. Quand elle se fut éloignée :

— Quel bonheur ! s'écria-t-il, me voici à même de respirer un peu. Je frémis en pensant à ce que je serais devenu cette nuit. Impossible de s'appuyer nulle part, nous nous serions mutuellement servi d'oreiller.

Le jeune homme se réjouissait et se prélassait dans l'espace qui venait de lui être rendu, quand la voiture s'arrêta de nouveau.

— Ah! mon Dieu! est-ce pour prendre des voyageurs! s'écria-t-il tout effrayé.

— Je l'avais bien prévu, c'était pour nous, murmura l'artiste. Ah! je jure bien que c'est la dernière fois que l'on me prend à voyager en diligence.

La portière s'était ouverte et le conducteur abaissa le marchepied devant une dame; elle était grande et avait dû être blonde; ses cheveux légèrement grisonnants encadraient un visage long et mince, mais qui ne manquait pas de grâce; ses yeux d'un bleu très-clair exprimaient beaucoup de bonté.

— Il vaudrait mieux prévenir madame que tout est au complet et qu'elle sera affreusement mal ici, insinua M. de Vivier.

— Et vous aussi, ricana le conducteur.

— Croyez-vous que nous soyons élastiques?

— Je ne connais rien à vos élastiques, mais des honnêtes gens devraient s'entr'aider un peu.

— Les élastiques ne sont pas des brigands, mon brave, dit Gérard.

Un éclat de rire général accueillit cette réflexion.

— Allons, pas tant de blague et laissez monter madame.

— Je ne voudrais déranger personne, dit la nouvelle venue avec un accent britannique très-prononcé; cependant, je désirerais ne pas manquer cette *votioure*, ma fille est malade et m'attend pour demain.

Cette raison décida Mme Dublanc à plaider la cause de l'étrangère.

— Nous nous serrerons un peu, dit-elle.

L'étrangère la remercia en assez bon français, puis elle tira de sa poche un tricot et s'absorba dans son ouvrage.

Quand le conducteur eut embarqué tout son monde, il s'en fut en disant :

— Parlotte! on ne saura jamais combien ces voyageurs sont une cargaison difficile à arrimer.

— Vous parliez tout à l'heure de brigands, dit Roger à Gérard.

— Oui, mon petit ami, de brigands élastiques.

— Mais n'y en a-t-il pas de réels dans ce pays?

— Je n'en sais rien, je voudrais bien en voir; je cherche un type de ce genre pour un tableau, je le dessinerais d'après nature.

— S'il vous en laissait le temps, mon cher artiste, dit M. Dublanc.

— Je lui donnerais ma bourse en échange; il est vrai que cela ne l'enrichirait pas beaucoup.

— C'est possible, et, d'un autre côté, il est peu probable qu'un brigand vous laisse prendre son signalement.

— Je le crois aussi.

— *Mosieu*, est-ce que le pays n'est pas *scioure*? demanda l'Anglaise.

— Si, madame, à la condition toutefois qu'on ne s'écarte pas des routes fréquentées. Il y a un certain nombre d'années, à la place de cette belle route, il fallait traverser des chemins creux, bordés de taillis impénétrables; plus d'une fois la diligence a été arrêtée dans ces lieux sauvages. Mais aujourd'hui on a percé des routes nouvelles et je crois que l'on n'a rien à craindre. Nous ne sommes plus, Dieu merci! au temps du fameux Mendard.

— Qu'était-ce que Mendard? demanda l'artiste.

— Ah! vous qui cherchez un type de brigand, voilà celui qu'il vous aurait fallu.

— Est-ce qu'il existe encore?

— Je ne le pense pas, à moins qu'il ne soit au fond de quelque prison.

— N'en avez-vous jamais entendu parler? demanda M. de Vivier.

— Non, fit Gérard intéressé; qu'était donc ce brigand?

— Oh! papa, raconte-nous cette histoire, dit Roger.

— Une histoire, non, répondit M. Dublanc en souriant; mais je veux bien donner à M. Gérard quelques détails sur ce bandit fameux.

Mendard était à la tête d'une bande de brigands qui désolaient les campagnes, exerçant une sorte d'autorité occulte, se livrant aux plus horribles cruautés envers les malheureux soupçonnés de les avoir dénoncés; ils allaient jusqu'à scier leurs victimes et les déposaient à l'entrée des villages qu'elles habitaient pour inspirer la terreur partout où ils passaient. Mendard avait des espions

qui l'informaient de tout, et il défia pendant vingt
ans la police la plus active. Il y avait des com-
munes qui étaient tellement infestées de ces brigands que du temps de l'empire, Napoléon voulut
plusieurs fois y mettre le feu pour en débarrasser
le pays.

— Mais d'où venaient-ils donc? demanda l'artiste.

— C'étaient des réfractaires. Les gens des campagnes étaient si hostiles à la conscription, et sous
le premier Empire on en fit un si cruel abus, que
beaucoup de conscrits fuyaient pour s'y soustraire.
Traqués de toutes parts, les déserteurs se réfugiè-
rent dans les forêts et dans les landes désertes, se
formèrent en bandes et se corrompirent mutuellement. Obligés de vivre de vols, craignant toujours d'être dénoncés, n'ayant aucun sentiment
de morale, ils devinrent féroces et aucun crime
ne les faisait reculer.

Après 1830, il y en avait encore et le trop fameux Mendard continuait à épouvanter le pays
par ses sanglants exploits. Enfin il a été pris et
condamné à la détention, ce qui était une peine
bien légère pour tous ses crimes; mais on ne put

trouver de témoins pour en donner les preuves juridiques.

Depuis, on a ouvert des routes nouvelles et des mesures ont été prises pour assurer la sécurité des voyageurs. Cependant, je ne crois pas que la race des brigands soit à jamais éteinte.

— Ce peuple breton est donc bien barbare? demanda l'artiste.

— Du tout; c'est le peuple le plus doux, le plus hospitalier quand il est dans les conditions normales de son existence et que sa rude et forte nature a été assouplie par l'influence de la religion. Mais ôtez au Breton son Dieu et ses prêtres, son caractère un peu sauvage et sa profonde ignorance le conduiront plus facilement que d'autres à cette vie de brigandage.

— Vous voyez alors que l'instruction, tant blâmée pour les campagnes, est appelée, au contraire, à produire les meilleurs résultats.

— Et c'est aussi ce qui les perd, répondit M. de Vivier.

— Cela dépend de la manière dont elle est donnée, reprit M. Dublanc. L'instruction serait une bonne chose si elle était sagement comprise;

la première école du paysan doit être le prône de
son curé ; avec la religion pour base, une instruction en rapport avec les besoins de la vie rurale
serait un puissant moyen de moralisation dans les
campagnes.

— Maman, quelle heure est-il ? il doit être bien
tard, dit Roger que ces réflexions sérieuses n'intéressaient pas beaucoup.

Le ciel s'était couvert tout à coup de gros nuages, le temps était lourd, tout faisait craindre un
orage.

Depuis quelque temps, l'artiste semblait préoccupé d'une idée ; il mettait la main dans sa poche,
la retirait, regardait les dames, avançait la tête à
la portière et recommençait son manége.

— Que cherchez-vous ? lui dit M. Dublanc.

— Rien... seulement... l'odeur du tabac fati-
guerait ces dames...

— Ah ! je comprends, dit en riant Mme Dublanc.
Non, je l'aime, au contraire ; pour ma part, je
vous permets de fumer.

La vieille dame en dit autant.

— Vous pouvez profiter de l'autorisation, monsieur de Vivier.

— Je vous remercié, madame, je ne l'aurais pas demandée.

Les deux jeunes gens allumèrent un cigare et se penchèrent à la portière pour ne gêner personne.

Tout à coup la dame anglaise, qui n'avait encore rien dit, se tourna vers les fumeurs.

— *Diou!* que cette odeur est incommodante! *Mósieu*, il est défendu de *fioumer* en diligence.

M. de Vivier la regarda, et, prenant son cigare, il le lança au loin sur la route.

L'artiste hésita un instant, mais il finit par en faire autant.

La chose en resta là.

Il était cinq heures; les voyageurs avaient fait un assez léger déjeuner, Gérard surtout songeait au moyen de se procurer à dîner.

L'Anglaise avait pris ses précautions. Quand l'heure de son repas fut arrivé, elle procéda à tous ses préparatifs sans plus s'occuper de ses voisins que si elle avait été seule dans la voiture. Elle ouvrit une grande boîte paillée renfermant tous les objets nécessaires à un dîner d'un seul couvert : ce luxe était encore ignoré dans les villes de province, mais les Anglais nous distancent de bien loin dans la recherche du confortable. La boîte, ouverte, formait une petite table sur laquelle la dame mit une assiette, un verre, une fourchette, un couteau à découper et un pour son usage; ensuite elle tira des profondeurs de la caisse une volaille, de la charcuterie, un pouding, un pain et une bouteille de vin qu'elle plaça auprès d'elle, et elle se mit à découper la volaille.

— C'est un poulet truffé, dit Roger à l'oreille de l'artiste.

Le petit garçon avait suivi des yeux avec la plus grande attention les préparatifs de la dame anglaise, et il regardait avec une envie mal déguisée les mets succulents auxquels il ne lui était pas permis de toucher.

L'étrangère avait coupé un morceau de pain et commençait à manger un membre de volaille.

M. de Vivier la regardait avec une expression de gaieté railleuse, et, s'adressant à elle, il lui dit :

— Madame, voudriez-vous me faire le plaisir de jeter tout cela dehors, l'odeur des truffes me gêne considérablement.

— Mais, *mosieu*...

— Il est défendu de manger en voiture, madame. Jetez tout cela, vous dis-je, l'odeur des truffes m'est insupportable.

L'Anglaise sourit avec finesse :

— Si je vous offrais de *fioumer* pour faire passér l'odeur des *triouffes*, accepteriez-vous, *mosieu?*

— C'est bien, repartit le jeune homme en riant, je crois que nous finirons par nous entendre.

— *Mosieu*, dit l'Anglaise à l'artiste, vous disiez que vous aviez faim, voulez-vous accepter ce membre de volaille?

— Volontiers, partageons! s'écria vivement le jeune homme, je vous remercie, madame ; moi, j'adore les truffes.

— Partageons, avait dit l'étourdi, le mot fut accepté avec un charmant empressement.

— Vous avez partagé votre place avec moi, vous ne pouvez refuser de partager mon dîner. J'ai autre chose que des *triouffes*, ajouta-t-elle en regardant M. de Vivier.

Cet exemple fut suivi et toutes les provisions furent mises en commun, le repas devint général et la plus franche gaieté ne cessa d'y régner;

l'artiste y fit largement honneur. Roger, nous devons le dire, ne resta pas en arrière ; il trouvait tout excellent, surtout le pouding de l'étrangère.

— Maman, dit-il tout bas à sa mère, tu diras à Armelle de nous faire à Rennes des gâteaux comme cela.

— Oui, mon chéri ; je te le promets, si tu es bien sage.

— Oh ! je le serai, maman.

L'obscurité devenait de plus en plus profonde, et les nuages noirs qui s'amoncelaient à l'horizon abrégeaient encore la durée du jour, déjà très-courte en cette saison.

Après le dîner, la conversation tomba peu à peu et plusieurs voyageurs ne tardèrent pas à s'endormir. Pendant quelques heures, le silence ne fut troublé que par les grondements lointains qui annonçaient l'approche de l'orage. Roger s'était endormi sur l'épaule de sa mère, et Mme Dublanc elle-même se sentait gagner par le sommeil.

Tout à coup une brusque secousse réveilla tous les dormeurs.

L'Anglaise se frotta les yeux, regarda autour d'elle et dit :

— *Diou!* que ce carrosse sent la *fioumée!*

Au moment du choc, Roger avait jeté un cri d'épouvante.

— Vous avez eu peur, mon petit ami, lui dit Gérard, vous avez cru à une attaque de voleurs?

— Papa nous a raconté des histoires si effrayantes, répondit l'enfant, qu'il est bien permis d'avoir peur.

— Je n'aime point voyager la *nouit*, dit l'Anglaise.

L'obscurité était complète, pas la plus petite étoile ne brillait au firmament, les nuages menaçants dérobaient entièrement les rayons de la lune. Les roulements lointains du tonnerre se rapprochaient peu à peu, bientôt ils devinrent effroyables; les éclairs sillonnèrent la nue, un bruit pareil à la formidable explosion d'un volcan se produisit et un globe de feu tomba sur la route. Heureusement personne n'avait été atteint par la foudre. Les chevaux effrayés avaient pris le galop et allaient d'un train d'enfer. L'orage continuait à gronder, la pluie tombait à torrents, le désordre des éléments était à son comble. Rarement on avait vu tempête pareille. A la lueur des éclairs, on apercevait des landes immenses; pas une habitation sur la route, on était dans un véritable désert.

— Nous devrions nous arrêter quelque part pour attendre la fin de l'orage, dit la vieille dame.

— Où voulez-vous que nous allions, madame? répondit M. de Vivier, il n'y a pas une seule maison devant nous. Mais ne vous effrayez pas trop, l'orage est si violent qu'il ne saurait durer, déjà il diminue.

Au bout d'une heure, en effet, l'orage se calma; les nuages se dissipèrent et la lune apparut brillante, éclairant de ses reflets argentés la campagne déserte.

La diligence s'engageait dans un chemin cahoteux bordé d'épais taillis; des secousses incessantes étaient produites par les brusques accidents du terrain.

— Où allons-nous? dit vivement M. de Vivier, je ne connais pas cette route.

Il abaissa le vasistas et se pencha au dehors pour regarder l'endroit où l'on se trouvait.

— Le malheureux! s'écria-t-il, il s'est trompé, il nous fait passer par la vieille route.

Un cri de terreur retentit, tout le monde se leva effrayé.

— Soyez calmes, dit le jeune homme.

Il appela le conducteur; celui-ci arrêta la voiture et descendit.

— Où nous conduisez-vous? Vous vous êtes égaré.

— Je le sais bien, monsieur, répondit le pauvre homme tout tremblant; par cet effroyable orage on ne reconnaissait plus la direction à suivre.

— En avons-nous pour longtemps avant de regagner la route neuve?

— Il y en a bien pour une grosse demi-heure; mais ne vous tourmentez pas, cela est arrivé d'autres fois.

— Quelle consolation! fit Gérard.

La diligence s'ébranla, et les chevaux, excités par le fouet du conducteur, partirent au galop.

La pluie torrentielle avait beaucoup refroidi la température, on ferma tous les vasistas et chacun se tut, comme si le bruit de sa voix pouvait attirer le danger.

— Quelle heure est-il? demanda Roger.

M. de Vivier tira sa montre, prit une allu-
mette et répondit :

— Il est minuit.

Chacun frissonna, cette heure semble devoir
être celle de tous les événements tragiques.

— Papa, as-tu entendu? cria Roger.

— Oui, un coup de sifflet.

— Oh! mon Dieu! mon Dieu! fit l'enfant en
se pressant tout tremblant contre sa mère.

Un second coup de sifflet retentit dans le lointain.

Les chevaux, sentant le danger et excités par
le conducteur, allaient au triple galop ; mais ils
avançaient encore trop lentement au gré des voyageurs, dont la terreur étreignait les âmes.

— Mesdames, ne vous effrayez pas, dit M. Dublanc; laissez-nous prendre vos places aux por-
tières, j'ai deux pistolets de poche.

— Donnez-m'en un, fit Gérard.

— J'en ai aussi, dit M. de Vivier ; nous sommes
trois hommes armés, c'est plus qu'il n'en faut
pour mettre en fuite ces bandits s'ils nous atta-
quent.

Un troisième coup de sifflet, suivi de cris sauvages, retentit dans la vallée, des coups de feu partirent; tous les voyageurs jetèrent un cri d'effroi : deux chevaux venaient de s'abattre.

En même temps, la diligence était attaquée par quatre hommes bien armés. M. Dublanc, Gérard et M. de Vivier avaient sauté à terre, ils accueillirent les brigands par trois coups de revolvers dont l'un atteignit un des bandits au bras droit. Ceux-ci, surpris par cette résistance inattendue, comprirent qu'ils n'étaient pas en nombre suffisant pour l'exécution de leurs mauvais desseins et prirent la fuite.

— Ah! messieurs, dit le conducteur, vous m'avez sauvé! La diligence de Brest a été arrêtée la semaine dernière; on n'a fait aucun mal aux voyageurs, mais les voleurs ont enlevé tous les bagages et l'argent qu'on transportait. Le conducteur a été accusé de complicité et conduit en prison; il est, j'en suis sûr, aussi innocent que moi.

Tous les voyageurs descendirent de voiture pour alléger la diligence traînée seulement par deux chevaux, les autres étant blessés. On ne pouvait cependant rester dans cet endroit attendre le jour ; les brigands auraient pu revenir plus nombreux, et le froid se faisait aussi sentir.

— Donnez-moi la main, mon petit Roger, dit Gérard ; nous allons marcher, cela nous réchauffera.

— Cet enfant sera bien fatigué, reprit M. de Vivier, il n'est pas bien lourd, on pourrait le laisser dans la voiture.

— Oh! non, dit Roger; j'aurais trop peur.

— Vous n'auriez rien à craindre, mon jeune ami, nous vous formerions une escorte suffisante.

Mais l'enfant avait saisi la main de l'artiste et il se mit à marcher le plus vite qu'il put, espérant sans doute se trouver plus tôt à l'abri.

Au matin, les voyageurs arrivèrent dans une petite ville où la voiture prit des chevaux frais. L'Anglaise continua son voyage, ainsi que M. de Vivier; Gérard s'arrêta pour visiter les environs qu'on lui disait très-pittoresques, et la famille Dublanc voulut profiter de son passage inopiné dans cette petite ville pour revoir un vieil ami qui y habitait. Roger, qui s'était pris d'une vive amitié pour l'artiste, ne voulut pas s'en séparer,

et M. Dublanc invita Gérard à se joindre à eux.
L'heure étant trop matinale pour arriver à l'im-
proviste, même chez des amis, nos voyageurs
entrèrent dans un hôtel pour déjeuner.

IV

LA FAMILLE PENNERF

— Quel bonheur, dit Mme Dublanc en s'asseyant auprès du feu, de nous trouver enfin à l'abri des brigands et loin de cette détestable diligence ; il me semble que maintenant seulement je commence à respirer.

— Pour moi, j'ai faim, répondit l'artiste ; voilà quelque temps que je n'ai fait un repas en règle, et cette marche de nuit m'a aiguisé l'appétit.

— Je pourrais en dire autant, répliqua gaiement M. Dublanc.

Aussi, tous nos voyageurs firent-ils largement honneur au bon déjeuner qui leur fut servi. Après leur repas, M. Dublanc sortit pour aller rechercher son ami ; Mme Dublanc, Gérard et Roger se rapprochèrent du bon feu qui pétillait dans la vaste cheminée.

— Écoutez, Roger, dit l'artiste, voulez-vous que nous nous amusions un peu aux dépens de notre gros hôtelier? Nous allons raconter à ce brave homme que nous avons perdu nos bourses dans l'aventure de cette nuit.

— Oui, oui, amusons-nous; nous avons eu si grand'peur !

— J'offrirai au maître d'hôtel, continua Gérard, de faire son portrait pour payer notre dépense. Qu'en dites-vous, madame ?

— Il me semble qu'il ne doit pas tenir beaucoup à voir reproduire sa face rubiconde.

— Je proposerai celui de sa femme.

L'hôtelier entrait en ce moment dans la salle, il présenta la carte à payer.

— Qu'est-ce que cela? fit l'artiste en feignant une grande surprise.

— Monsieur, c'est la petite note.

— Oh! vous avez raison de la faire bien petite, mon brave homme; car des gens qui ont été dévalisés par des voleurs n'ont plus d'argent pour payer.

— Comment cela! s'écria l'hôtelier en s'animant.

— C'est bien simple, continua Gérard avec son aplomb imperturbable ; les brigands nous ont assaillis, nous demandant la bourse ou la vie ; ma foi ! nous avons fait ce que vous auriez fait vous-même, nous avons donné la bourse.

— Ce n'est pas de ça qu'il s'agit, quand on prend les choses on doit les payer.

— Hé! mon brave, vous aurez beau dire, si nous n'avons pas d'argent. Vous pouvez nous fouiller, allez! les voleurs l'ont fait avant vous, je doute qu'ils aient laissé quelque chose dans nos poches.

— Il fallait dire cela plus tôt.

— Pour que vous nous refusiez à déjeuner! Vous avez le cœur tendre, mon brave homme. Tenez, je vais vous proposer un arrangement. Je suis artiste.

Cela ne parut pas rassurer beaucoup l'hôtelier.

— Je remarquais tout à l'heure, continua Gérard, que vous aviez une figure pleine de caractère.

L'homme parut flatté.

— Puisque les brigands ne m'ont laissé que

mes pinceaux, voulez-vous que je fasse votre portrait?

— A quoi cela me servira-t-il?

— A orner votre enseigne... votre salon, ajouta-t-il en remarquant l'air mécontent de son hôte.

— Laissez-moi tout cela, j'aime mieux mon argent.

— Si vous préférez le portrait de votre femme?

— Ma femme! elle se soucie bien de ça.

En ce moment, M. Dublanc entra suivi d'un monsieur fort distingué, qui avait l'apparence d'un ancien militaire.

— Rassurez-vous, dit M. Dublanc à l'hôtelier; si vous n'appréciez pas les arts et que la peinture de monsieur ne vous semble point une bonne monnaie, on vous en donnera une plus sonnante.

Et tirant de sa poche un porte-monnaie, M. Dublanc paya l'hôtelier.

— C'est à moi que revient le portrait, ajouta-t-il gaiement.

— Je me félicite de cet échange, répliqua l'artiste; je ne sais vraiment comment j'aurais fait pour peindre notre hôte, car j'ai perdu en route mon vermillon.

Mme Dublanc regarda Gérard d'un air de blâme, cette nouvelle folie dépassait toutes les autres.

Roger éclata de rire au nez de l'aubergiste; mais celui-ci comptait son argent sans se soucier des propros qui s'échangeaient à son sujet.

M. Pennerf, l'ami de M. Dublanc, avait été médecin militaire; à sa retraite, il était venu se fixer dans cette petite ville où il avait des propriétés; le père de M. Dublanc avait été son colonel, c'est ainsi qu'ils s'étaient connus.

La femme du médecin reçut les voyageurs avec la plus grande affabilité et sa fille les charma par la grâce de ses manières; elle était blonde et fraîche, et, sans être jolie, elle plaisait beaucoup.

La journée s'écoula dans une intimité fort agréable; on raconta les aventures du voyage, l'attaque des voleurs, et Gérard, à qui on laissait souvent la parole, émaillait ce récit de ses réflexions originales; il fut comme toujours étincelant d'esprit.

Cette première journée fut consacrée au repos, les voyageurs avaient bien besoin de se remettre des fatigues et des émotions de la nuit précédente.

Le lendemain, on se leva de bonne heure, et

4

on partit pour aller faire une excursion dans les environs.

Il faisait un temps splendide, une de ces belles journées d'automne qui sont comme une suite de l'été; la campagne était délicieuse, mais empreinte d'une calme et mélancolique beauté. Ce n'était plus la tendre verdure et les brillantes espérances du printemps, ni les ardentes chaleurs de l'été, mais le déclin de l'année conservant encore quelques-uns des charmes de la belle saison et empruntant déjà à l'hiver un peu de sa froidure. C'était l'époque de la chute des feuilles tant chantée par les poëtes, où la terre se dépouille de sa gracieuse parure, et où le promeneur attristé, en foulant aux pieds les feuilles jaunies, semble entrevoir dans un avenir prochain les glaces de l'hiver.

Cependant cette saison est belle, on l'aime et volontiers on dit avec le poëte :

> Ce n'est point du printemps la brillante gaieté,
> Ce n'est point la richesse et l'éclat de l'été
> Qui plaît à mes regards ; non, c'est le pâle automne
> D'une main languissante effeuillant sa couronne [1]

Gérard s'extasiait sur la beauté de cette agreste

1. Delille.

nature; il se désolait de ne pouvoir dessiner tous les points de vue qui charmaient ses regards.

On arriva bientôt devant les ruines majestueuses d'un vieux manoir. Quelques pans de murailles noircies marquaient seules la place de ce puissant château qui avait jadis dominé le pays; sur les créneaux brisés et les murs branlants, le lierre jetait ses rameaux flexibles comme un voile gracieux donnant à cette destruction une apparence de vie; une vieille tourelle restée debout protégeait ces derniers vestiges des anciens âges.

L'âme humaine se sent émue en face de ces ruines gigantesques qui nous montrent la petitesse des créations de l'homme au milieu des ouvrages de Dieu. On demeure pensif devant ces pierres dispersées, et l'imagination relève ces murailles, repeuple ces châteaux; elle rend la vie à ces fiers chevaliers, à ces douces et belles châtelaines qui vécurent, aimèrent, souffrirent comme nous, et dont les noms ont disparu dans la nuit des temps.

Gérard demanda la permission de s'arrêter pour prendre le croquis de ces ruines; tout le monde y consentit, et l'on s'assit sur des pierres couvertes de mousse pendant que l'artiste dessinait.

— Je vous proposerai après cela, dit M. Pennerf, de venir visiter la chapelle de Notre-Dame-du-Rocher; vous aurez là un beau coup d'œil, monsieur Gérard.

Roger s'était placé près de l'artiste pour le voir travailler, il aimait beaucoup le dessin.

— Où habitez-vous, monsieur Gérard? demanda l'enfant.

— A Paris.

— Quel dommage que ce ne soit pas à Rennes!

— Pourquoi, mon petit ami?

— Si vous étiez à Rennes, je vous verrais quelquefois, et puis vous m'apprendriez à faire de jolis dessins comme cela.

— Avec beaucoup de plaisir, en effet; je regrette, non de ne pouvoir être à Rennes, mais que vous ne soyez pas à Paris.

— Lorsque Roger aura vingt ans et qu'il ira terminer ses études de droit dans la capitale, reprit M. Dublanc, il ira solliciter les conseils de M. Gérard qui, alors, sera devenu un artiste célèbre.

Le jeune homme s'inclina en souriant.

On était arrivé devant la chapelle, élevée sur les rochers baignés par les flots de l'Océan; cette construction semblait remonter à une époque fort reculée.

— Cette petite chapelle dépendait sans doute du château? demanda Mme Dublanc.

— Oui, répondit M. Pennerf.

— Cependant, observa l'artiste, le style est moins ancien que celui du château dont nous venons de voir les restes. Cette chapelle a dû être bâtie plus tard.

— En effet, elle a été construite par un des châtelains, et dans des conditions très-extraordinaires.

— Il y a encore là, j'en suis sûr, une de ces charmantes légendes comme on en trouve à chaque pas dans votre poétique pays, dit Gérard; vous seriez bien bon, monsieur, si vous vouliez nous la raconter.

— Oui, oui, reprit Roger qui aimait les histoires, monsieur Pennerf, racontez-la.

Et l'enfant vint gentiment s'asseoir aux pieds du vieux médecin.

— J'y consens volontiers, répliqua M. Pennerf,

mais tout d'abord visitons la chapelle ; je vous dirai ensuite ce que la tradition nous a conservé à son sujet.

La petite société se dirigea vers la chapelle, y entra et l'examina dans tous ses détails ; elle était très-curieuse à voir pour un touriste, car elle possédait quelques morceaux d'architecture assez remarquables.

V

UNE LÉGENDE DU VIEUX TEMPS

Après avoir visité l'antique chapelle, nos promeneurs s'assirent sur le sable de la falaise, et
M. Pennerf commença son récit :

C'était en plein moyen âge, à cette époque de
foi simple et naïve où les hommes, vivant plus
près de la nature, s'identifiaient davantage avec
elle. Leur imagination superstitieuse leur pré-
sentait partout de vagues et fantastiques appari-
tions; ils croyaient aux bons et aux mauvais gé-
nies; ils ne se seraient point hasardés la nuit
dans ces immenses landes peuplées par ces fameux korigans qui enveloppaient les voyageurs
dans leurs rondes infernales. Ils croyaient en
Dieu et en la puissance du bien; ils redoutaient
par-dessus tout le mal, et le diable apparaît tou-

jours dans leurs légendes pour punir l'imprudent qui s'est confié à lui. Au milieu de tous ces récits, plane, comme une pure étoile, le nom de la vierge Marie, que les malheureux n'invoquèrent jamais en vain.

Au temps où se passe mon histoire, à la place des ruines que vous avez vues, s'élevait un puissant château féodal, réputé imprenable grâce à ses fortifications et aussi à la bravoure de ses défenseurs. Ce manoir était la protection du pays; de nobles et douces châtelaines l'avaient rendu cher par leurs abondantes générosités.

Il était alors habité par le jeune Wilfrid, dernier descendant d'une antique famille; c'était un chevalier brave comme ses ancêtres, et si beau, que dans le pays on ne l'appelait que Wilfrid, le gentil seigneur.

A cette époque, les chrétiens s'enrôlaient en masse pour aller délivrer le saint sépulcre des mains des infidèles; le jeune baron rassembla ses vassaux et partit à leur tête pour combattre à l'ombre de l'étendard de la croix, sous lequel son père avait trouvé la mort.

Wilfrid se signala par sa bravoure, et soutint

dignement la renommée de ses aïeux. Pendant son absence, sa mère passait de longues heures en prière dans son oratoire, ou à visiter et à soulager les familles des guerriers absents.

Un an après, le jeune Wilfrid rentra dans son château ; mais la vie paisible d'autrefois lui parut triste et monotone ; il regretta son existence aventureuse, et, malgré les larmes et les supplications de sa mère, il repartit pour une nouvelle expédition.

Son absence fut longue ; sa mère pleurait et priait en l'attendant. Quand il revint dans son manoir, il voulut y continuer sa vie d'agitation et de plaisir ; sa fortune ne suffisait plus à ses folles prodigalités. Il donnait de grandes chasses auxquelles prenaient part tous les seigneurs des environs.

L'intendant, qui était un bon et fidèle serviteur, essaya de représenter à son maître qu'il courait à une ruine certaine.

— Mon bon seigneur, lui disait-il, écoutez les conseils de ma vieille expérience ; si vous ne modérez pas vos dépenses, bientôt il ne me sera plus possible de vous fournir de l'argent.

— Allons, mon brave Martial, répondait l'insouciant jeune homme, quelle est la personne dans tout le duché de Bretagne qui refuserait de prêter de l'argent au baron Wilfrid?

L'intendant secoua la tête.

— C'est possible, messire, mais comment faire pour le rendre?

— Oh! je ne m'occupe pas de ces vils détails; pour cela, je m'en rapporte à toi.

Le jeune seigneur continua donc sa vie dispendieuse, malgré les supplications de sa mère, qu'il aimait cependant tendrement. Le moment fatal ne tarda point à arriver où il se vit complétement ruiné et réduit à abandonner tous ses biens à ses créanciers.

Quand on lui apprit ce triste dénoûment de ses folies, Wilfrid entra dans une violente colère, parla de faire pendre le premier qui oserait lui demander quelque chose, mais ses emportements ne pouvaient rien changer à sa position.

Un matin, il était sorti à cheval; il parcourait au galop les sentiers de la forêt qui entouraient alors le château, se livrant à ses tristes pensées;

les projets les plus insensés s'agitaient dans son esprit, il cherchait en vain le moyen de sauver son honneur et sa fortune.

Comme il traversait un épais fourré, un bruit se fit dans le taillis.

« Qu'est-ce que cela? se dit le jeune seigneur. Sans doute un lièvre qui regagne son terrier; il est beaucoup plus heureux que moi, qui bientôt ne saurai plus où aller. Non, sur mon âme, ce ne sera pas, je me donnerai plutôt la mort! Moi, le puissant baron, le gentil seigneur, comme on m'appelle, j'irais comme un aventurier, comme un chevalier vagabond, errer par le monde! Non, mille fois non! je vouerai plutôt mon âme au diable! »

Un froissement se fit dans le feuillage; un personnage au visage noir, aux yeux brûlants comme des flammes, aux mains crochues, apparut devant le jeune homme :

— Vous avez prononcé mon nom, noble chevalier.

Le jeune homme recula d'épouvante :

— Qui es-tu et que me veux-tu?

— Je suis Lucifer, le prince des ténèbres, le roi

des enfers ; et je viens vous offrir les moyens de sauver votre vie et votre fortune.

— Parle vite, alors.

— Attendez un peu, beau seigneur. Si je vous donne cela, je veux un équivalent.

— Je ne puis rien te donner, puisque je suis ruiné.

— Je ne demande pas d'or.

— Que veux-tu, alors ? dit le jeune homme avec un certain effroi.

— En échange des trésors que je mets à votre disposition, noble chevalier, je ne demande qu'une seule chose : votre âme.

— Mon âme ! tu ne l'auras jamais ; mieux vaut la mort.

— Vous êtes bien jeune et bien beau pour mourir ; vivez, au contraire, je vous donnerai la fortune et le bonheur.

— Et l'enfer dans l'autre monde. Disparais de mes yeux, vil tentateur, où je te broie sous les pieds de mon cheval.

Satan ne bougea point.

— Vous refusez, messire ?

— Tout, plutôt que de vendre mon âme.

Un affreux ricanement suivit ces paroles ; l'ange des ténèbres agita ses ailes, un bruit de métal se fit entendre et des pièces d'or tombèrent sur le sol.

A cette vue, le jeune seigneur perdit la tête.

— De l'or ! s'écria-t-il, de l'or ! Oui, je veux être riche ; il me faut de l'or !

— En voilà, dit une voix stridente.

— Encore toi ! reprit le seigneur. Non, ne me poursuis pas ; emporte cet or, il me brûle les yeux, il me perdrait !...

— Il est à vous, beau chevalier ; il vous rendra votre château, votre fortune, les plaisirs et le bonheur.

— Oui, il me faut cet or, répliqua Wilfrid.

— Le voulez-vous, seigneur ?

— Non, je ne puis consentir à vendre mon âme. Va-t'en !

— Comme vous voudrez, messire ; vous regretterez d'avoir refusé mes dons.

Quand Satan se fut éloigné un véritable désespoir s'empara de Wilfrid :

« Il me faut cet or, s'écria-t-il, il me le faut à tout prix. »

5

Satan revint vers lui.

— Refusez-vous encore, noble chevalier?

— Non, donne.

— Le voilà ; mais, avant tout, vous allez sous-crire à mes conditions.

— Quelles sont-elles?

— Dans cinq ans, vous vous rendrez à pareil jour sur cette pointe de rocher qui s'avance dans la mer, et vous vous livrerez à moi.

— Soit! j'y consens.

— Je saurai bien te renvoyer dans l'autre monde, murmura le jeune homme.

Un ricanement horrible retentit dans toute la forêt, et Satan disparut.

Le jeune seigneur descendit de cheval, et trouva à cette place un trésor si considérable, qu'après avoir racheté toutes ses terres, il se trouva encore beaucoup plus riche qu'il ne l'avait jamais été.

Mais depuis le jour du pacte redoutable, l'humeur de Wilfrid changea complétement; il devint sombre, taciturne, sa prospérité présente lui était à charge; la vue d'une pièce d'or le plongeait dans des accès de folie furieuse. Sa mère ne pouvait elle-même parvenir à le calmer; elle priait sans cesse la sainte Vierge de venir à son aide et de guérir son fils.

Il circulait dans le pays bien des bruits étranges sur l'origine mystérieuse de cette fortune; on regardait le château avec une certaine crainte, comme s'il était hanté par des puissances occultes.

Cinq ans passèrent ainsi, et le jour du sinistre rendez-vous arriva. Le chevalier ordonna de seller son meilleur cheval et partit sans vouloir être accompagné de personne. En sortant, Wilfrid eût à passer devant la chapelle; une force irrésistible l'y attirait; il entra et s'agenouilla humblement sur les dalles. Il avait depuis son enfance une tendre dévotion pour la Vierge; c'est elle qu'il invoquait dans les combats et dans les mauvaises rencontres. Depuis cinq ans, il n'avait plus osé prononcer le nom de la Vierge sans tache. Aujourd'hui, il voulut l'invoquer une dernière fois, et ses lèvres serrées laissèrent échapper ces mots:

« Douce Vierge Marie, ayez pitié de moi. »

Aussitôt, il sentit un changement s'opérer dans son âme. Il osa regarder l'image de la Mère de

Dieu ; il lui sembla que le regard de la Vierge était moins sévère et que sa main se tendait vers lui. Il se leva et s'avança jusqu'au pied de la statue ; à son bras était suspendue une petite médaille, il la prit et s'enfuit comme un voleur.

Le temps était sombre et triste ; un épais brouillard, s'élevant de la mer, couvrait d'un voile presque impénétrable les landes et les bois ; mais Wilfrid continuait sa marche ; il pressait les flancs de son fidèle coursier et semblait poussé par une impulsion mystérieuse. Le noble animal, excité par la voix de son maître, l'emportait dans une course vertigineuse, sautant les fossés, franchissant les broussailles ; le feu jaillissait sous ses pas et l'écume tombait de sa bouche. Wilfrid arriva ainsi sur le rivage ; il descendit de cheval, et, lâchant les brides, il rendit la liberté à l'impatient animal.

« Adieu, mon brave coursier ; toi qui m'as porté dans les batailles, adieu ; rentre au château que je ne reverrai plus. Va, je ne veux point t'entraîner dans ma perte. »

Wilfrid, pâle et tremblant, s'engagea sur la pointe de rocher la plus avancée dans la mer ; il attendit avec une anxiété fiévreuse que dix heures sonnassent à l'horloge du manoir. Il prit dans ses mains la petite médaille de la Vierge et la porta à ses lèvres; dans son cœur, il prononça le doux nom de Marie.

Tout à coup on entendit le son d'une cloche dans le lointain, le chevalier frissonna. Au même instant, les flots furent soulevés comme par une subite tempête; les vagues bouillonnantes s'élevèrent jusqu'au rocher et s'entr'ouvrirent devant le prince des ténèbres, paraissant aux yeux du jeune homme effrayé, tel qu'il l'avait vu cinq ans auparavant.

— Tu as été fidèle au rendez-vous, seigneur baron.

— Oui, répondit Wilfrid; que veux-tu de moi?

— Je t'ai fait riche et puissant, à toi d'accomplir aujourd'hui ta promesse. Tu m'as donné ton âme, je viens la prendre.

Le chevalier épouvanté voulut fuir; mais Satan, le saisissant dans ses griffes, allait l'entraîner dans les sombres abîmes quand le jeune homme, poussé par une inspiration subite, présenta aux

yeux du diable la médaille qu'il tenait dans ses
mains.

« Douce Vierge Marie, s'écria-t-il, ayez pitié de
moi. »

Satan poussa un sourd rugissement, lâcha sa
proie et disparut dans les flots. Un effroyable
bruit retentit jusque dans les abîmes de la mer;
l'ange des ténèbres était vaincu encore une fois
par la puissance de la Vierge immaculée.

Wilfrid était tombé sur le sol, épuisé par la
lutte qu'il venait de soutenir; une voix mélo-
dieuse et pure lui fit lever la tête. Il lui sembla
qu'un poids énorme venait de lui être enlevé et
que la vie circulait de nouveau dans ses veines.
Au-dessus des flots, il aperçut la Mère de Dieu
entourée d'anges et enveloppée d'un nuage trans-
parent.

« Wilfrid, dit la céleste voix, écoute ce que
j'ai à te dire. Autrefois, tu m'as servie et aimée ;
dans le danger que tu viens de courir tu as invo-
qué mon nom et je t'ai secouru. J'ai préservé ta
vie et ton âme, ne t'écarte plus désormais de la
voie tracée par mon divin Fils. Invoque-moi toujours et tu seras heureux. Je veux que sur ce

rocher tu fasses élever une chapelle pour perpé-
tuer le souvenir du miracle que j'ai fait en ta
faveur. »

Wilfrid était prosterné devant la sainte apparition; lorsqu'elle eut disparu dans la nuée, il revint à lui, baisa encore une fois la médaille mira-
culeuse, et fit avec son épée une entaille dans le
roc pour marquer la place où la Vierge lui avait
apparu. Il se releva et songea à retourner en
toute hâte à son château. Il aperçut son fidèle
coursier qui mangeait des herbes marines sur la
falaise, s'élança vers lui, sauta en selle, et, ne
voulant pas s'en retourner par le chemin qu'il
avait pris pour venir, il revint par la grève.

Il allait ainsi au hasard, réfléchissant aux
choses étranges qui venaient de se passer, quand
un bruit de soupirs étouffés parvint jusqu'à lui.
Il se dirigea vers l'endroit d'où ce bruit s'était fait
entendre, s'approcha du bord d'une falaise élevée
et se pencha pour regarder au bas des rochers.
Là, dans une petite anse très-étroite, il vit un
navire jeté sur le sable et que les flots de la marée montante battaient avec fureur.

« Ce ne sont que les débris d'un naufrage, se

dit le chevalier; cependant j'ai entendu des plaintes, quelqu'un souffre ici et attend du secours. »

Il descendit de cheval et explora les lieux. Il découvrit, appuyée contre un rocher, une jeune fille belle comme les anges, et qui pleurait amèrement.

Wilfrid s'arrêta d'abord, saisi d'admiration, devant cette ravissante créature, puis il s'approcha d'elle :

— Qui êtes-vous? lui dit-il doucement.

La jeune fille leva sur lui un regard limpide comme le cristal des eaux, et répondit :

— La tempête a jeté sur ces côtes le vaisseau qui nous portait; mon père et tous les marins ont péri dans le naufrage, moi seule ai survécu à tous les miens. Ah! que ne suis-je morte avec eux, plutôt que d'être jetée ainsi sur une terre étrangère!

— Ne pleurez pas, belle inconnue, répondit le chevalier; vous êtes encore trop jeune pour maudire la vie. Mais d'où venez-vous? Quel est votre pays?

La jeune fille raconta son histoire. Ayant, avec sa mère, suivi son père à la croisade, ils furent retenus prisonniers pendant plusieurs années par les Musulmans ; mais après avoir pu se racheter, ils songèrent à rentrer dans leur patrie. Sa mère mourut en Terre sainte, et elle s'embarqua avec son père et d'autres [captifs rendus aussi à la liberté. Ils firent voile pour la France, et après une longue et périlleuse traversée, ils apercevaient enfin les côtes de leur pays, lorsqu'une effroyable tempête brisa leur navire sur ces écueils.

En achevant son récit, les larmes de la jeune fille recommencèrent à couler.

Wilfrid était ému de pitié devant cette douleur ; il lui semblait qu'il était envoyé par la Vierge pour sauver cette innocente enfant.

— Suivez-moi, jeune étrangère, lui dit-il ; je vous conduirai dans mon château ; vous y trouverez une mère aussi tendre que celle que vous avez perdue.

Le beau et noble chevalier réussit à persuader la jeune fille, et elle le suivit dans son manoir, où la baronne la reçut comme son enfant.

Six mois plus tard, il y avait de grandes fêtes au château, tout le pays était dans la joie ; Wilfrid, le gentil seigneur, se mariait et faisait largesses à tous les gens de ses terres. Le baron épousait la jeune et belle naufragée, que sa mère avait recueillie dans sa demeure.

La nouvelle châtelaine était si douce et si bonne qu'on la nommait l'ange du château; tous les malheureux la bénissaient et la chérissaient. Pendant de longues années, elle fit le bonheur de son époux et de tous ceux qui l'entouraient; lorsqu'elle mourut, elle laissa de longs regrets, et son souvenir fut religieusement conservé dans le pays; on était persuadé que cette douce châtelaine n'était pas une créature humaine, mais un ange du ciel que la Vierge avait envoyé sur la terre.

On disait voir parfois une ombre blanche errer sur le rivage et le long des murs du château; c'était l'ombre de la chère morte qui revenait visiter les lieux où elle avait vécu. Pour ceux qui la rencontraient, c'était un signe de bonheur; quand l'apparition avait été vue autour de la maison d'un malade, il devait être guéri.

Voilà ce que nous rapporte la tradition, et vous avez vu la chapelle que le chevalier fit construire pour obéir aux ordres de la Vierge.

— Elle est fort jolie cette légende, dit M. Dublanc, lorsque M. Pennerf eut terminé son récit,
j'aime cette foi naïve du vieux temps. Tenez,
monsieur Gérard, voilà un joli sujet de tableau :
le chevalier Wilfrid sauvé par la Vierge.

— Faites-le, reprit le médecin; je vous offre
même d'installer votre atelier chez moi, et vous
viendrez peindre le paysage d'après nature.

L'artiste accepta avec empressement, il se
trouvait bien dans cette famille et n'était pas
pressé de la quitter.

— Il y a une chose qui me semble étrange dans
votre récit, monsieur, dit Gérard après un instant
de silence.

— Laquelle?

— C'est de voir un vaisseau venir de Palestine,
seul et comme poussé par le vent; on ne voya-
geait pourtant pas facilement sur mer à cette
époque. On sait que, pendant les croisades, bien
des flottes furent englouties dans ces mers in-
connues, ou détruites par les pirates. Je ne puis
comprendre qu'un navire ait pu arriver ainsi.

— Il venait peut-être des côtes du Finistère,
dit M. Dublanc.

— C'est possible, répondit M. Pennerf. Je
vous ai rapporté la légende telle que la tradition
nous l'a transmise, je n'en garantis pas l'authen-
ticité. Dans tous les cas, il y en a de plus sur-
prenantes encore.

— Oui, témoin celle du seigneur de Béléan
arrivant de Palestine dans un coffre, ajouta M. Dublanc.

— Il est certain, reprit Gérard, que votre pays
est intéressant par ses vieux monuments et ses
poétiques souvenirs.

— En Bretagne, dit Mme Dublanc, il n'est pas
une ruine qui n'ait sa légende, pas un pont auquel
le diable n'ait un peu travaillé.

— Le diable! s'écria Gérard; nous avons vu
cependant qu'il faisait payer cher son concours.

— Aussi usait-on à son égard de ruses bien
amusantes. Il y a non loin de chez nous un pont
qui a été construit dans des conditions tout à fait
extraordinaires. Un saint religieux, voulant entreprendre ce travail et n'ayant ni argent ni ouvriers, conclut un pacte avec le diable; il fut
convenu que l'âme de la première personne qui
passerait sur ce pont appartiendrait à Satan.

La construction achevée, le diable vint à l'entrée du pont pour saisir la proie qui lui avait été promise. Il attendit longtemps ; tout à coup un bruit se fit, Satan s'avança et aperçut... un chat qui venait vers lui. Le démon disparut en poussant une sourde exclamation de rage, tandis que le religieux riait sur l'autre rive.

— Voilà un tour très-bien imaginé, dit Gérard, mais comment le diable qui est si fin s'est-il laissé duper ainsi ?

La question de l'artiste resta sans réponse. Mme Dublanc s'était levée d'un air inquiet.

— Où est Roger ? demanda-t-elle.

— En effet, il nous a quitté depuis quelque temps, répondit Gérard, il cherche sans doute des coquillages sur la grève.

— Nous ferions bien d'aller à sa rencontre, proposa M. Pennerf, dissimulant mal sa préoccupation, la mer monte rapidement ; nous sommes à l'époque des hautes marées, et il faudrait empêcher l'enfant de tourner la pointe de cette petite presqu'île. Ne vous alarmez pas, madame, continua le médecin en voyant le trouble de la mère de Roger, nous allons bientôt retrouver votre fils.

Mme Dublanc, sans rien écouter, s'était élancée vers la grève, accompagnée d'Hélène et de Gérard; tout en les suivant, M. Dublanc avait retenu le médecin.

— La mer pénètre-t-elle quelquefois dans les grottes? fit-il anxieusement.

— Oui, par les marées comme celles d'aujourd'hui, mais Roger n'est probablement pas entré dans les grottes; il joue sur les rochers en nous attendant, mais pressons-nous.

VI

NAUFRAGE DE ROGER

Roger avait écouté attentivement le commencement de la jolie légende racontée par M. Pennerf; mais, ce récit lui ayant semblé un peu sérieux, il s'était éloigné sans être aperçu. Heureux de gambader en liberté, il courait sur les falaises, grimpait sur les rochers, défiait les vagues qui venaient expirer sur la grève et lançait des galets dans la mer. Il interrompait ses jeux turbulents pour ramasser ces mille jolies choses que la marée jette deux fois par jour sur la plage. Pour augmenter son trésor, il s'enfonçait dans un dédale de rochers qui formaient un groupe imposant, que l'Océan allait bientôt recouvrir de ses vagues tumultueuses. Aux belles roches noires, richement parées de goëmons et de moules, aux

pieds desquelles fourmillent les crevettes et les
crabes, pendant que sous leur enfoncement vivent
ou plutôt végètent « les boucliers, les anémones,
les étoiles de mer, » succédaient des roches nues,
jaunes, stériles, n'offrant asile, dans toutes les
cavités de leur surface brutalement déchiquetée
par la mer, qu'à de gros insectes noirs, mous,
répugnants.

Roger se sauvait, en criant, de ces lugubres
rochers au delà desquels il tombait doucement
sur le sable fin et brillant d'une petite anse ; ce
tapis argenté était semé de si belles coquilles na-
crées que notre héros s'attardait à les recueillir,
si bien qu'allant ainsi des rochers splendides aux
roches arides, puis aux grèves charmantes, il
oubliait l'heure, et ne s'apercevait point que la
nuit arrivait et avec la nuit la marée.

Les jours sont courts en cette saison ; les ombres du crépuscule enveloppaient déjà les rochers,
et les flots, qui montaient rapidement, couvraient
le chemin que Roger avait suivi pour atteindre le
point où il se trouvait. Alors le petit garçon,
pensant avoir fait beaucoup de chemin, se demanda où pouvaient être ses parents et s'il

n'était point l'heure du dîner, car il avait bien faim.

Il voulut retourner sur ses pas, mais il se trouvait au milieu de rochers gigantesques trop glissants pour être gravis; d'ailleurs, les vagues bruissaient tout autour, et bientôt ils allaient être couverts par la mer.

Que devenir? Épouvanté, il jetait des cris perçants, appelait son père, sa mère, Armelle, Pornic, Médor; mais ses cris restaient sans réponse, l'obscurité devenait plus profonde et les flots montaient toujours. Le pauvre enfant, acculé à l'ouverture d'une grotte où il n'osait pénétrer, recevait déjà les éclaboussures des vagues. Elles arrivaient furieuses et pressées, comme si elles craignaient de manquer une nouvelle proie; Roger fut forcé d'entrer dans la grotte sombre au fond de laquelle il entendait des bruits terrifiants; la marée montait si rapidement qu'il courait follement pour échapper aux flots qui envahissaient déjà l'entrée de la grotte. Il se heurtait à droite, à gauche, se meurtrissait aux aspérités de la caverne, croyait apercevoir des monstres dans l'obscurité, pleurait, criait, se désespérait, et avait déjà de l'eau jus-

qu'aux genoux, lorsqu'il reconnut, ô terreur! que
la grotte était ouverte aux deux extrémités, qu'elle
formait une sorte de tunnel et que les flots s'en-
gouffraient des deux côtés à la fois. Ses bras, ten-
dus par l'effroi, se heurtèrent à une masse noire
qui faillit le renverser; il se crut atteint par un
monstre marin, et la frayeur s'empara de lui;
pourtant il fit un suprême effort pour conserver
son sang-froid, et se décida à considérer le monstre
muet qui l'attaquait. En cet endroit, la grotte était
très-élevée, et la phosphorescence des eaux l'éclairait assez pour que Roger pût reconnaître avec
joie que le monstre marin était tout bonnement
un petit canot oublié sur la plage et que la marée
avait entraîné.

Roger remercia son bon ange et le pria de lui
servir de nautonier; le jeune enfant était très-
agile; aussi, s'aidant des anfractuosités du rocher,
il sauta dans la nacelle providentielle. La marée
avait atteint son maximum, bientôt les eaux com-
mencèrent à s'abaisser graduellement; alors,
épuisé de fatigue, Roger tomba endormi au fond
du canot.

Quand notre héros s'éveilla, il se vit en plein

Océan ; il n'apercevait plus la côte sur laquelle il jouait quelques heures auparavant, et le courant l'entraînait vers une toute petite île sur la grève de laquelle il vint échouer. Il faisait nuit encore, la lune brillait au firmament ; Roger sauta hors du bateau et se dirigea vers une des chaumières les plus proches du rivage. Il avait tellement peur, tellement froid et tellement faim, qu'il frappa à la porte de la pauvre habitation sans se demander comment il y serait reçu.

Un chien aboya furieusement et réveilla ses maîtres bien mieux que Roger ne l'aurait pu faire. La fenêtre, qui formait avec la porte vermoulue les seules ouvertures de cette cabane de pêcheur, s'ouvrit et laissa apercevoir dans son entrebâillement la tête d'une vieille femme.

— Qui est là? demanda-t-elle d'un ton moitié fâché, moitié bienveillant.

— C'est moi, fit une petite voix.

— Je ne connais pas cet accent-là, ben sûr! Comment vous nommez-vous?

— Roger Dublanc.

— Roger, qui?

— Roger Dublanc.

— Je n'ai jamais entendu de nom semblable. C'est peut-être quelque âme en peine qui demande des prières; je vas dire un chapelet pour elle; et la pieuse pêcheuse allait refermer la fenêtre.

— Oh! supplia Roger, ouvrez, le bon Dieu vous récompensera.

— Mais dis donc qui tu es, alors? Es-tu un vivant ou un revenant? interrogea la vieille avec une terreur superstitieuse.

— Je suis un petit garçon très-malheureux; j'ai grand'peur, et j'ai bien faim et bien froid.

La fenêtre s'ouvrit entièrement :

— Que sainte Anne me pardonne! c'est bien un petit gars vivant, mais qui pourrait bien mourir si on le laissait dehors.

Deux minutes après, Roger était introduit dans la maison et s'asseyait sur un des bancs de la large cheminée dans laquelle son hôtesse allumait un grand feu de varech pour réchauffer ses membres engourdis.

— Et maintenant, mon cher petit, raconte-moi ce qui t'est arrivé.

Roger fit en quelques mots le récit des dangers

qu'il avait courus avant d'aborder sur cette rive hospitalière.

— Pauvre petit chrétien du bon Dieu, comme il a dû avoir peur! exclamait la bonne femme. Et sa maman qui doit pleurer à cette heure! Je sais ce que c'est, moi. Quand mon Jeannic n'était pas plus grand que ce pauvret, il allait à la pêche avec son parrain; mon homme est mort si jeune! Jeannic n'avait pas dix ans quand j'ai conduit son père au cimetière. Que le bon Dieu ait son âme, car c'était la crème des hommes et un matelot donc! comme il n'y avait pas son pareil! Lors donc que le temps était gros, et cela arrive souvent sur la mer, la barque au parrain avait du retard. Ah! que j'ai pleuré en l'attendant, et que j'en ai dit des prières à sainte Anne, qui m'a exaucée; car Jeannic est un homme maintenant, et un fier marin, tout le portrait de son père! Il est à Bordeaux aujourd'hui, après une longue traversée; il n'oublie point sa vieille mère, il lui envoie de l'argent, des habits, un peu de vin, et il viendra la voir dès que son capitaine lui donnera un congé. Ah! c'est la crème des fils! Allons, petit ange, chauffe-toi bien. Comme tu es mouillé!

Tiens, j'ai encore quelques vêtements à Jeannic lorsqu'il avait ton âge; je vais t'habiller en mousse, mais c'est égal, cela vaudra mieux que de beaux vêtements tout mouillés.

La mère de Jeannic eut bientôt revêtu le pauvre Roger d'un bon pantalon de toile goudronnée et d'une chaude vareuse en molleton gros bleu; elle lui mit une paire de bas en laine brune, des chaussons en lisière et des sabots blancs.

Ainsi vêtu et réchauffé, Roger demanda un morceau de pain; ce n'était plus de la gourmandise, cette fois il avait réellement faim.

— Oui, mon petit ami, je vas te donner à manger, et du bon, va! J'ai un peu de farine de froment; ma vache, que Jeannic m'a achetée à son dernier congé, me donne de bon lait et de bon beurre; mon gars envoie chaque année, au premier janvier, l'ordre à un ami de Nantes d'expédier un peu de sucre et de café à sa vieille mère; aussi je m'en vas te faire une bouillie comme tu n'en as jamais mangé de meilleure.

L'appétit aidant, Roger trouva en effet, et déclara gentiment, que jamais il n'avait rien mangé de plus agréable.

Après qu'il se fut réconforté, la bonne mère Jeanne conduisit l'enfant à une chambre assez propre, le coucha dans le lit de Jeannic, l'embrassa bien fort et vint reprendre son sommeil interrompu par cet acte de bonne hospitalité. Dieu, pour la récompenser, lui envoya de doux songes. Elle rêva que Jeannic avait douze ans, qu'il était habillé en petit monsieur, et qu'une dame bien bonne, la mère de Roger, lui promettait d'en faire un capitaine au cabotage.

VII

LE PETIT VOLEUR D'ORANGES

Roger dormit à poings fermés, il n'eut aucun rêve ; la fatigue lui épargna les cauchemars qui succèdent ordinairement à ces étranges aventures.

Le soleil était déjà haut quand l'enfant se réveilla ; près de son lit, sur un escabeau, ses habits étaient posés bien secs et soigneusement brossés. Il les mit et entra dans la chambre de la mère Jeanne pour lui souhaiter le bonjour. La paysanne était sans doute retenue au dehors par ses occupations journalières, car la cabane était déserte ; mais sur la table, couverte d'une serviette de chanvre bien propre, étaient posés une miche de gros pain de seigle très-appétissant, puis une moche de beurre et un bol de crème.

Roger comprit que c'était son déjeuner; il y fit honneur, bien reconnaissant envers la mère Jeanne de son généreux accueil; ensuite il se mit à examiner la demeure hospitalière.

L'intérieur de la cabane était divisé en deux compartiments, une grande chambre et un cabinet. La chambre servait à la fois de cuisine et de chambre à coucher; une épaisse couche de fumée calcinée couvrait les murs; le toit de chaume eût servi de plafond si des fagots ne l'eussent entièrement garni; la large cheminée pouvait abriter six personnes assises à l'aise sur les solides bancs qui occupaient chacun de ses côtés. Des lits fermés, à panneaux sculptés, une grande table, une armoire et un vaste buffet de chêne composaient cet ameublement d'un confortable rustique. Sur les étagères du buffet, à côté de grosses écuelles de terre brune vernissée, on remarquait des plats, des tasses, des gargoulettes en porcelaine de Chine et du Japon qu'un amateur eût payés fort cher et que la vieille Jeanne eût donnés pour bien peu d'argent, n'était que son mari et son fils avaient rapporté ces souvenirs de leurs lointains voyages.

6

Roger n'arrêta ses yeux ni sur les solides et modestes meubles bretons, ni sur les spécimens de la céramique chinoise ou japonaise, deux seuls objets fixèrent son attention.

Sur des chandeliers en cuivre luisant au soleil reposaient deux magnifiques oranges cueillies sans doute par Jeannie dans « le pays où fleurit l'oranger. » Ces beaux fruits fascinèrent l'enfant gourmand; ses yeux s'arrondirent, sa bouche s'ouvrit toute grande, ses petites mains se tendirent, et, mû comme par un ressort, il s'avança rapidement vers le buffet dont les pommes d'or étaient le plus bel ornement.

Le sentiment de la sécurité le fit hésiter un instant, il avait peur d'être surpris; dans sa conscience se livrait aussi une lutte entre son bon et son mauvais ange.

— Que ces oranges sont belles! insinuait le démon de la gourmandise, jamais tu n'en as vu de pareilles; celles même que ta mère te donne au premier de l'an sont loin d'être aussi grosses.

— Oui, répondait le céleste gardien, mais elles l'appartenaient.

— Bah! continuait l'ange déchu, le fruit défendu n'est-il pas le meilleur?

— Il est doux aux lèvres, mais amer au cœur, reprenait le bon esprit.

Roger hésitait toujours, mais c'était la peur de voir rentrer la mère Jeanne qui paralysait sa volonté.

— Ne crains rien, va, ricanait le malin esprit; mère Jeanne ne rentrera pas encore; tu auras bien le temps de prendre, de peler, de savourer les pommes d'or. Personne ne te voit.

— Dieu te regarde, enfant, et il a dit :

« Le bien d'autrui tu ne prendras. »

— Ta mère payera les oranges, et la vieille Jeanne sera très-contente d'avoir de l'argent à la place de ces fruits qui se gâteront bientôt.

— Mère Jeanne tient plus aux cadeaux de son fils qu'à tout l'or du monde. Oseras-tu voler une femme qui t'a si bien reçu; c'est un double crime que de dérober ce qui appartient à son hôte.

— Si tu volais une coupe du Japon, à la bonne heure, mais deux oranges qui ne valent pas cinquante centimes pièce.

— Ne les prends pas, Roger; ta mère pleure là-bas, quelle serait sa honte si on te ramenait à elle comme un voleur !

— Ta mère sera si heureuse de te revoir qu'elle pardonnera tout ; un peu d'argent payera amplement le dessert que tu as pris, puisque ton hôtesse a eu le mauvais goût de ne point t'en donner.

L'argument était décisif; Roger s'était emparé d'une des oranges, la pelait et y mordait à belles dents.

« Qu'elle est douce ! » disait-il.

Le bon ange pleurait à l'écart, et le démon, enveloppant de ses ailes l'enfant ingrat, égoïste, voleur et gourmand, raillait l'ange gardien et répétait :

— Tu es toujours vaincu et moi toujours vainqueur. Honte à toi, gloire à Satan !

La première orange était si bonne que Roger voulut lui comparer la seconde.

Quand cette mauvaise action fut consommée, arriva pour le petit garçon l'heure redoutable du remords, qui sonne si terriblement à l'oreille du coupable.

Le fruit défendu est doux aux lèvres et amer

au cœur. Le crime est commis, il faut le dissimuler; le moment d'ivresse, l'instant de délice s'achève à peine que déjà les angoisses de la crainte, les regrets poignants, la honte leur succèdent. On a volé, il faut mentir pour dissimuler sa faute; plus tard, accuser peut-être un innocent. Quand un démon triomphe d'une âme, tous les autres démons ne tardent point à le suivre et à s'emparer du cœur coupable.

Roger savourait avec douleur l'amertume du fruit défendu.

« Que dirai-je à la mère Jeanne lorsqu'elle va s'apercevoir que ses belles oranges ont disparu? et elle le verra tout de suite. Que pourrais-je faire de ces peaux? Ah! si je les brûlais. »

Tout satisfait de cette ingénieuse idée, Roger réunit à la hâte les pelures d'oranges, s'approcha de la cheminée, remua les cendres chaudes, ranima le feu en jetant une poignée de varech, et fit disparaître les indices révélateurs de son vol. La chambre se remplit d'un délicieux parfum, la porte s'ouvrit et mère Jeanne entra, tandis que le petit garçon, confus, regardait avec effroi la fumée qui s'élevait dans la cheminée.

6.

— Ah! te voilà déjà levé, mon petit chérubin, lui dit la brave femme.

Le triste chérubin, pour dissimuler sa rougeur et son embarras, se jeta dans les bras de la vieille paysanne.

— Bonjour, mon chéri, continua-t-elle en embrassant tendrement l'enfant.

— Bonjour, mère Jeanne.

— Pauvre mignon, as-tu bien dormi dans le lit de Jeannic?

— Oh! très-bien, je n'ai fait qu'un somme.

— Je le crois ben, pardi! C'est qu'il est bon, son petit lit! La coite et l'oreiller sont en plumes de goëlands que mon mari m'avait apportés et que j'ai fait sécher quand Jeannic était tout petit. Cher enfant, nous l'avons soigné de notre mieux, il me l'a ben rendu; si mon pauvre défunt, son père, le voit de là-haut où il est avec les saints, il doit être fier de son gars. Mais, Jésus-Dieu, quelle bonne odeur il y a dans ma chaumière! Bonne sainte Anne, qu'est-ce que ça peut être?

— C'est le goëmon que j'ai jeté dans le feu parce que j'avais froid, mère Jeanne; je dirai à maman d'acheter de votre goëmon, car elle aime les parfums et notre bois ne sent pas comme cela.

Il allait bien, le chérubin, il savait déjà manier fort habilement le mensonge.

Mère Jeanne lui lança un regard soupçonneux.

— Mon goëmon n'a pas cette odeur.

Elle s'avança vivement vers la cheminée.

— Cela sent les oranges. Ah! mes pommes d'or!

Et ses yeux se portèrent avec angoisse vers le buffet où brillaient les deux chandeliers veufs de leur parure accoutumée.

— Tu as pris mes pommes d'or, enfant!

— De quelles pommes d'or voulez-vous parler? demanda Roger avec impudence.

— De celles que Jeannic m'a envoyées pour ma fête à la Saint-Jean passée, les oranges qui étaient sur ces chandeliers, mauvais drôle.

— Je n'ai pas vu vos oranges, mère Jeanne. Êtes-vous sûre qu'elles y étaient quand vous êtes sortie ce matin?

— Aussi sûre que tu es un méchant garnement.

— Vous les avez peut-être ramassées dans votre armoire.

— J'aurais dû le faire, petit voleur! Mais pou-

vais-je supposer qu'un naufragé, que j'ai recueilli
sous mon toit, réchauffé et nourri comme mon
enfant, que j'ai revêtu des habits de mon fils et
couché dans son lit, me volerait en mon absence?
Oh! ces fils de bourgeois, ces gamins des villes,
c'est toujours de la graine de mauvais sujets. Les
enfants du village viennent ici constamment, car
j'aime beaucoup les enfants, ils me rappellent
Jeannic quand il était petit, et jamais ils ne m'ont
rien enlevé.

— Je vous assure, mère Jeanne, que je n'ai pas
vu vos oranges, disait Roger essayant de con-
vaincre la vieille femme.

— Tu les as mangées, vilain drôle. Tiens, tiens,
en voici la preuve, d'où viennent ces pelures?

Et, du bout de son sabot, la mère Jeanne écar-
tait les cendres du foyer qui laissaient apparaître
les écorces d'oranges calcinées.

Roger, ne pouvant plus nier, se mit à pleurer.

— Ah! petit vaurien! petit gourmand! Voler la
maison hospitalière! Je serais morte de chagrin
si Jeannic avait commis une si détestable action;
mais je n'avais pas cela à craindre, j'avais trop
bien élevé mon fils.

— Mes parents vous rendront vos oranges, mère Jeanne.

— Des oranges, peut-être, mais pas celles que Jeannic m'avait données, et je ne me soucie pas des autres.

— Ils vous les payeront bien cher.

— Rien ne peut remplacer pour moi les cadeaux de mon fils ; je les ai tous conservés, depuis le premier qui était une bague d'un sou achetée à Sainte-Anne, avec le sou que son parrain lui avait donné pour acheter un petit pain blanc. Ah ! il n'était pas gourmand, Jeannic, et il aimait sa mère. Allons, petit gredin, je ne veux plus te conserver chez moi ; je vas te conduire à la ville et je te remettrai aux gendarmes qui te ramèneront chez tes parents, s'ils les connaissent, à moins qu'ils ne jugent à propos de te mettre en prison comme un voleur que tu es.

— Pas chez les gendarmes, mère Jeanne, pas chez les gendarmes, je vous en prie, gémit Roger. Mes parents vous donneront tout l'argent que vous voudrez.

— Je ne veux point de l'argent de tes parents, ils doivent être de tristes gens, s'ils te ressemblent. Tel fils, tel père, me disait toujours mon pauvre défunt.

Comme tous les gens du peuple qui passent de la plus touchante bonté à la plus extrême rudesse dès qu'on les a trompés, la mère Jeanne prit Roger par le bras et le conduisit hors de la cabane.

Les éclats de voix de la mère de Jeannie avaient été entendus, et déjà plusieurs commères accouraient s'informer de ce qui lui était arrivé. Pendant que la vieille femme indignée racontait ce qui venait de se passer, les hommes et les enfants s'étaient rapprochés aussi, et chacun écoutait bouche béante le récit du vol des oranges qui, en passant par la bouche de mère Jeanne, prenait les proportions d'un crime monstrueux.

Des petits mousses proposèrent de jeter le voleur à l'eau, les marins parlèrent de la garcette. Il y avait justement parmi eux le maître fouetteur du trois-mâts *le Surcouf*, il s'offrit pour la correction. Les femmes, fortement émues du chagrin de la vieille Jeanne, appuyèrent cette motion. Deja Coulm, le terrible fouetteur du *Surcouf*, l'effroi des mousses, se disposait à saisir le coupable, lorsqu'un vieillard, à cheveux blancs, leva sa canne et fit signe qu'il voulait parler. C'était le patriarche de l'île, un vieux matelot que chacun vénérait et dont les décisions étaient toujours acceptées; car il avait voyagé sur toutes les mers, avait visité tous les pays et en savait long sur toutes choses. A l'aspect de cette belle tête blanche, devant la croix d'honneur, chèrement gagnée, qui brillait sur sa large poitrine, chacun se découvrait avec respect et fierté : l'île entière se croyait décorée en la personne du brave et sage Conan.

— Nous n'avons aucun droit sur cet enfant, dit-il d'une voix encore ferme; il n'est pas mousse, donc il ne relève point de la garcette; il faut le conduire à ses parents, qui le châtieront comme il le mérite.

— Je veux le mener aux gendarmes, ils en feront ce qu'ils voudront, insista la mère Jeanne, qui ne paraissait pas disposée à la clémence.

— Faites comme vous l'entendrez, Jeanne, ma fille, dit le vieillard en haussant légèrement les épaules.

— Conduisez-le aux gendarmes, Jeanne, répéta la foule.

Un canot de pêche fut bientôt paré; celui à qui il appartenait fit monter la vieille femme et Roger, et, aidé d'un autre matelot, il se mit à ramer avec force.

Bientôt le canot fut entouré d'une flottille composée d'une douzaine de barques dans lesquelles se pressaient tous les habitants de l'île assez heureux pour avoir pu quitter leur demeure. Et tous ces pêcheurs, toutes ces marinières, tous ces moussaillons huaient Roger à qui mieux mieux; les plus sanglants quolibets s'échangeaient d'une barque à l'autre au sujet du petit voleur qui, accroupi dans le canot, mourant de honte et de peur, pleurait amèrement et se bouchait les oreilles pour ne rien entendre.

Enfin, on toucha au rivage. Tous les îlois sautèrent sur le rivage et entourèrent Roger qui marchait les yeux baissés, la main dans la main de l'impitoyable mère Jeanne.

Ce groupe bruyant traversa les rues de la petite ville de ***, attirant l'attention des curieux qui se joignaient au cortége, interrogeant ironiquement les conducteurs de Roger. Les questions et les réponses s'entre-croisaient d'une façon terriblement humiliante pour le jeune gourmand. Ah! qu'il était amer le fruit défendu !

Mère Jeanne avait demandé le chemin de la gendarmerie et elle s'y rendait résolûment. Encore une rue à traverser et l'on allait y arriver, lorsque précisément à l'entrée de cette rue le tambour du crieur de ville fit entendre ses sonores rataplan! rataplan, planplan, rataplan!

La foule entoura le crieur, et celui-ci commença de sa plus forte voix :

« Hier, entre les quatre et cinq heures du soir, un enfant de onze ans, étranger à notre localité, s'est perdu sur la grève, près des roches aux crabes. Il était vêtu d'un pantalon et d'une veste de drap gris, coiffé d'un chapeau en feutre noir. Ses cheveux bouclés sont châtain foncé; ses yeux brun clair, son nez aquilin, sa bouche grande, son teint frais, ses dents belles et blanches. Une magnifique récompense est promise à celui qui le ramènera à ses parents, chez M. le docteur Pennerf. »

Tous les yeux se portèrent sur le petit voleur; il répondait en tous points au signalement donné.

Roger comprit qu'il était sauvé, aussi essayait-

7

il de se dégager de l'étreinte de fer de la mère Jeanne et criait-il de toutes ses forces :

« Je suis le petit garçon perdu; ramenez-moi chez M. Pennerf. »

Mais l'inflexible paysanne ne voulait pas lâcher sa proie. Pourtant, comme M. Pennerf soignait presque pour rien la population de l'île qu'elle habitait, elle n'osa pas faire autrement que de se rendre chez le médecin.

A l'approche de cette foule bruyante, les fenêtres de la maison Pennerf s'ouvrirent et des cris de joie se firent entendre.

— Roger, Roger, mon fils !

Et en moins d'une minute, Mme Dublanc serrait son enfant dans ses bras. M. Dublanc arriva presque aussitôt.

— Vous aurez la récompense promise, mes amis.

— C'est mère Jeanne qui a recueilli l'enfant, dit un matelot.

— Eh bien, ma brave femme, venez vous reposer; Roger nous dira la reconnaissance que nous vous devons et vous serez largement récompensée.

— Je n'ai besoin de rien ; j'aimerais mieux mes oranges, répliqua la pêcheuse d'une voix rauque.

— Quelles oranges ? demanda M. Dublanc.

— Les oranges de Jeannic, donc !

— Qu'est-ce que Jeannic ?

— C'est mon fils, un brave garçon que j'ai trop bien élevé pour qu'il soit un mauvais sujet comme le vôtre.

Le visage de M. Dublanc s'empourpra ; il pressentait que Roger s'était rendu coupable d'une mauvaise action, et ne se souciait pas d'entendre devant tant de témoins le réquisitoire que la vieille femme semblait prête à fulminer.

— J'ignore ce qui s'est passé, dit-il ; entrez, et avec un peu plus de politesse, je l'espère, vous me ferez connaître vos griefs contre mon fils, je saurai vous dédommager.

— Jamais ! répondit la mère Jeanne en refusant énergiquement d'entrer, jamais vous ne pourrez me rendre les belles oranges que mon fils m'avait données pour ma fête, à la Saint-Jean dernière, et que votre gars, un mauvais drôle, s'il en fut, m'a volées pour les manger comme un

gourmand. Et pourtant, je l'avais recueilli, réchauffé et nourri; je l'avais habillé des vêtements
de mon fils et couché dans son lit; sans moi, il
serait mort de faim et de froid sur le rivage.

— Je voudrais vous témoigner ma reconnaissance, ma brave femme; je vous donnerai tout ce
que vous pouvez désirer.

— Je ne veux rien, vous dis-je; ce n'est pas
avec de l'argent que vous remplacerez les cadeaux de mon fils.

— Mais comprenez bien, ma brave femme,
que je ne peux vous rendre vos oranges; Roger
sera sévèrement puni, c'est tout ce que je puis
faire.

— C'est tout ce que je veux, monsieur; soyez
sévère pour votre gars, je ne le pardonnerai qu'à
ce prix, car il m'a tout l'air de prendre le chemin
qui conduit à la prison : l'enfant qui vole la maison hospitalière volera plus tard son capitaine.

Mère Jeanne ne comprenait pas qu'il pût y avoir
d'autre état social que la marine.

La vieille paysanne salua gravement M. Dublanc confus, et se retira suivie de la foule.

M. Dublanc rentra dans la maison et se dirigea

vers le salon où se trouvaient réunis tous nos promeneurs de la veille ; ils avaient entendu les paroles de la vieille Jeanne et ils souffraient de l'humiliation qui venait d'être imposée à M. Dublanc. Roger pleurait, assis sur les genoux de sa mère qui avait la faiblesse de le consoler.

M. Dublanc prit son fils par la main et le conduisit au milieu du salon.

— Regarde-moi, lui dit-il sévèrement ; oui, regarde-moi, contemple le front de ton père couvert de la rougeur de la honte. As-tu entendu les paroles de cette paysanne qui t'a recueilli et dont tu as payé les bienfaits en lui volant les cadeaux de son fils, plus précieux pour elle que tout l'or avec lequel je voulais récompenser ses bontés pour toi ? Elle a raison, cette femme, tu as été bien mal élevé ; mais le temps de notre coupable faiblesse est passé ; bientôt tu seras homme, et la vieille Jeanne a dit vrai en affirmant que l'enfant qui, pour satisfaire sa gourmandise, commet l'action honteuse qui me couvre de confusion, peut, si l'on n'y prend garde, devenir un malhonnête homme. Monte de suite dans ta chambre, tu n'en bougeras point jusqu'à notre départ.

Mme Dublanc fit un mouvement pour suivre son fils.

— Louise, où vas-tu ?

— Conduire Roger, mon ami, voir s'il n'a besoin de rien, balbutia la jeune femme en jetant un regard suppliant à son mari.

Mais le front de M. Dublanc ne se dérida point.

— Roger ne verra que moi jusqu'à notre départ, je veillerai à ce qui lui est nécessaire.

Mme Dublanc se laissa tomber sur un canapé en pleurant, tandis que, sur un geste impérieux de son père, Roger disparaissait.

Mlle Pennerf s'assit près de la mère désolée et essaya de calmer son chagrin. Chacun des assistants approuvait la sévérité de M. Dublanc et blâmait la faiblesse de sa femme ; cependant il fallait rompre le pénible silence qui régnait dans le salon depuis le départ de Roger, et c'était à Hélène qu'incombait cette tâche, comme maîtresse de maison, car sa mère s'était esquivée sous prétexte de surveiller les apprêts du dîner.

— J'espère bien, monsieur Dublanc, dit la jeune fille, que vous n'allez pas conserver éter-

nellement un front chargé de nuages, parce que
ce pauvre Roger a mangé deux oranges qui ne
lui appartenaient point? C'est une peccadille après
tout.

— Oui, une peccadille qui m'eût ramené mon
fils conduit par des gendarmes, si le crieur public
ne se fût trouvé à point nommé [pour arrêter
cette farouche mère Jeanne. Cet enfant a été trop
gâté.

— Eh bien! vous ne le gâterez plus, se hâta
de dire la jeune fille, vous serez désormais bien
sévère, Roger ne mangera pas une seule orange
au premier janvier prochain. Voyez si je ne vous
donne pas l'idée d'une punition exemplaire, la
peine du talion; mais aujourd'hui il aura sa grâce,
et il ne restera pas là-haut se morfondre tout seul
après les émotions qu'il a éprouvées.

— Non, mademoiselle; ne me priez pas davantage, je serai inflexible.

— Je vais vous en supplier, monsieur, et vous
ne me refuserez pas la seule chose que je vous
demande aujourd'hui que j'ai le bonheur de vous
recevoir sous notre toit.

— Je dois vous refuser, mademoiselle; n'insistez pas, il m'est pénible de ne pouvoir accorder une grâce à une suppliante telle que vous.

— Très-bien, fit la jeune fille en riant, le plus difficile est fait, il n'y a plus de nuages sur votre front. Souvenez-vous que Roger n'a que onze ans, et qu'il ne croyait pas commettre une si grande faute en mangeant ces deux oranges.

M. Dublanc hésitait, le médecin s'approcha :

— Vous pouvez gracier Roger, mon ami; la leçon a été bonne, je le crois, il a suffisamment savouré l'amertume de l'humiliation. Il ne faut pas avec les enfants passer d'une extrême indulgence à une sévérité excessive. Les parents et les maîtres sont les représentants de Dieu ; ils doivent suivre l'exemple du divin modèle, et juger d'après les intentions. La faute de Roger a pour cause la gourmandise, il faudra l'en corriger ; quant au vol que sa mauvaise passion lui a fait commettre, mère Jeanne s'est chargée du châtiment, et il a été plus rude que tout ce que vous eussiez pu imaginer.

— Vous avez raison, mon ami, dit le père avec émotion. Mademoiselle, vous pouvez nous ramener le coupable.

—D'autant mieux qu'il est midi, ajouta M. Pennerf, et puisque vous persistez à vouloir partir à
deux heures, il est temps de nous mettre à table.

Roger rentra dans le salon, conduit par Hélène ;
la jeune fille présenta l'enfant à son père.

— Monsieur Dublanc, embrassez Roger, vous
n'aurez plus désormais à le punir, car il a pris
les meilleures résolutions, n'est-ce pas, mon petit ami ?

— Oui, mademoiselle, balbutia l'enfant encore
tout en larmes.

M. Dublanc embrassa son fils et le ramena
près de Mme Dublanc.

—N'oublie pas ce jour, mon enfant, lui dit-il,
et ne fais plus pleurer ta mère.

On se mit à table, mais, malgré les efforts de
la famille Pennerf et de Gérard, le repas fut un
peu froid, la gaieté de la veille ne régnait plus
dans notre petite société. Roger ne mangea pas,
il était trop ému de tous les événements qui venaient de se passer. L'artiste l'invita à raconter
la manière dont il s'était perdu et comment il
s'était trouvé jeté ainsi dans la petite île, mais
Roger s'y refusa obstinément. La pensée de l'île

7.

lui rappelait trop cruellement sa faute ; il lui
semblait que la mère Jeanne allait revenir le trai-
ter encore de gourmand et de voleur.

A deux heures, la famille Dublanc reprit la
diligence de Rennes après avoir obtenu la promesse qu'Hélène viendrait bientôt avec sa mère,
passer quelques jours à Rennes.

Gérard restait dans la petite ville pour travailler à son tableau ; il se sépara avec regret de ses
aimables compagnons de route. On se promit de
se revoir, et nos voyageurs se mirent en route à
la grande satisfaction de Roger à qui il tardait de
s'éloigner de cette ville qui lui rappelait de
fâcheux souvenirs.

VIII

LES HIRONDELLES D'HIVER

Ramoni haut, ramoni bàs,
Les cheminées du haut en bas.

Hélas ! les voici donc arrivés les ramoneurs, les hirondelles d'hiver comme les appellent les Parisiens.

Adieu les plages ensoleillées, les montagnes verdoyantes, les bois remplis de joyeux gazouillements, les prairies émaillées de fleurs, les gaies villas, les gothiques châteaux; les nuages assombrissent les grèves, la neige blanchit les sommets pyrénéens, les bois sont sans feuillage, les prés sans gazon, les oiseaux sans voix, la bise souffle dans les campagnes dévastées, le vent du nord agite la girouette des manoirs.

. . . .
. . . .
La fille du château déserte sa tourelle
Et le joyeux berger délaisse son hautbois.

Les Savoyards reparaissent, le macadam re-
trouve ses habitués, les villes se repeuplent. Aux
halliers déserts, aux plages battues par la tempête, aux ruines hantées de vieilles légendes, le
citadin préfère les boulevards animés, les théâtres à la mode, les magasins somptueux ; il
accepte en partage la fièvre du lucre et du plaisir
qui lui lègue souvent la ruine, le désespoir, la
décrépitude, parfois la honte et la folie, et il
laisse aux niais les enthousiasmes lyriques, les
langueurs élégiaques, ou, pour parler un langage
vrai, la saine obscurité, les austères labeurs, le
sacrifice qui produit la paix de l'âme, le solide
bien-être, les généreux dévouements.

Heureux niais ! vous êtes le cœur et le bras de
la France dont les habitants des grandes villes,
les Parisiens surtout, sont le cerveau, aujourd'hui
hélas ! détraqué.

A la suite des hirondelles d'hiver reparaissent
dans nos villes tous les oiseaux de la saison :

gentilles linottes et joyeuses fauvettes qui apportent un peu de vie dans les cloîtres où le dévouement chrétien leur dispense la science et la vertu, pendant que leurs jeunes frères moineaux étourdis et babillards reprennent le travail du collége, et que les aînés, jeunes faucons qu'il faut discipliner et former, revêtent le gracieux uniforme des écoles spéciales.

La vieille capitale de la Bretagne se repeuple en octobre et novembre, c'est aussi la rentrée de la cour et l'ancienne ville du parlement reprend son importance. Rennes est triste et recueillie. Veuve des États de province qui lui donnaient le mouvement et la vie, on dirait qu'elle ne peut se consoler de la perte de ses priviléges. Austère et calme, Rennes semble vivre de souvenirs; elle en est assez riche, en effet, pour ne plus rien demander aux nouveautés contemporaines. Dans ses rues et dans ses monuments le marbre a conservé l'image des grands hommes, gloires et bienfaiteurs de leur pays; elle dédaignerait ces statues que les moindres villages élèvent aujourd'hui à beaucoup de célébrités qu'un quart de siècle suffit à précipiter de leurs piédestaux et à effacer du livre de l'histoire où leur nom n'est écrit qu'au crayon.

La ville qui a vu Duguesclin faire ses premières armes ; qui a donné naissance à Descartes ; où Saint-Yves a défendu dans la salle du parlement les veuves et les orphelins qu'il secourait ensuite, et soignait de ses propres mains aux hospices au sortir de l'audience ; qui a vu pendant des siècles l'élite des esprits d'une province d'élite régir le pays d'une manière équitable et juste, et soutenir des luttes héroïques contre les empiétements des gouverneurs royaux, doit aimer le silence et l'isolement pour se ressouvenir des anciens jours, loin du trouble causé par les défaillances contemporaines.

Depuis un mois la famille Dublanc est installée à Rennes, dans un vieil hôtel appartenant aux parents de Mme Dublanc et situé sur la place des Lices. Armelle a rejoint ses maîtres et Roger va régulièrement à l'école Saint-Vincent. Il n'a pas perdu le souvenir des oranges de la mère Jeanne ; M. Pennerf avait eu raison d'affirmer que l'enfant avait suffisamment savouré l'amertume de l'humiliation. Il est encore espiègle, léger, paresseux, gourmand, hélas! on ne devient pas parfait en un jour; mais il n'est plus voleur. Il s'est juré à lui-même qu'il ne toucherait plus au fruit défendu, et, comme nos priviléges d'auteur nous permettent de regarder au loin dans l'avenir, nous pouvons dire que Roger tiendra son serment.

Le collége ne plaisait guère à notre moineau étourdi. La cage était austère et semblait bien étroite à cet enfant habitué à la vie de la campagne ; les maîtres étaient bons mais sévères, et les doléances de la maman les trouvaient inflexibles ; ils ne ressemblaient pas au précepteur instruit mais faible et timide qui ne savait ou peut-être ne pouvait pas résister aux gâteries qui perdaient son élève.

Dès les premiers jours, Roger par sa paresse et son espièglerie avait mérité forcé pensums et retenues; Mᵐᵉ Dublanc était allée demander sa grâce, le supérieur en parut très-surpris.

La faible mère insista.

— Monsieur le supérieur, il est impossible que ce pauvre enfant ait le temps de faire un aussi long pensum.

— Pourquoi donc, madame, cent vers à copier,

cela n'a rien d'excessif; ce soir avant ou après son dîner...

— Justement nous avons à dîner la marraine de mon Roger; le repas sera prolongé et il faudra bien qu'il amuse son petit cousin; vous ne pouvez vouloir, monsieur le supérieur, que cet enfant si délicat passe la nuit à copier des vers latins.

Le supérieur sourit et frappant amicalement sur les joues rouges et fermes de Roger :

— Il en aurait la force, madame, mais je n'aime point le travail de nuit pour les enfants. Roger est nouvellement arrivé, il n'est pas accoutumé encore à la discipline du collège, ni à un travail régulier; ce sont des excuses sérieuses, aussi je pardonne pour cette fois.

— Ce sera la dernière, monsieur le supérieur, n'est-ce pas, mon chéri?

— Oui, maman, répondit le chéri avec conviction.

— Remercie bien monsieur le supérieur, mon ange. Bonsoir, monsieur le supérieur, au revoir, je vous suis très-reconnaissante. Roger méritera votre indulgence, vous verrez; cet enfant a besoin d'être pris par la douceur, je le connais. Adieu, monsieur le supérieur, merci.

Après qu'il eut salué une dernière fois la mère de son élève et refermé la porte de l'établissement, monsieur le supérieur haussa légèrement les épaules et murmura en s'éloignant :

« Pauvre mère ! pauvre enfant ! Décidément aujourd'hui l'éducation de la famille est impossible, les parents n'ont plus assez de raison, ni assez de force de caractère. »

Mme Dublanc était rayonnante de joie et paraissait aussi fière de son fils que s'il eût eu les poches pleines d'exeats.

Le jeudi suivant, elle faisait son entrée dans le parloir du supérieur, le cœur inquiet peut-être, mais la tête haute, l'œil assuré, ayant, comme on dit vulgairement, pris son courage à deux mains.

— Bonjour, monsieur le supérieur, comment allez-vous ?

— Parfaitement, madame, et vous-même ?

— Très-bien, je vous dérange peut-être, monsieur le supérieur.

— Non, madame, ce jour est consacré à la

réception des parents, et personne ne m'attend en ce moment.

— J'en suis bien aise, car j'ai à causer avec vous. Savez-vous, monsieur le supérieur, que nous sommes presque voisins de campagne?

— Oui, madame, répondit le digne prêtre qui regardait Roger et sa mère d'un air un peu moqueur.

— Je l'ai appris ce matin seulement. Comment vous êtes le fils de cet excellent notaire, M. Guéguen, que mon oncle Laurent aimait tant! et vous êtes le frère de cette bonne Joséphine que tout le monde vénère dans le pays! Si vous voulez bien, monsieur le supérieur, je viendrai quelquefois vous parler de vos parents, car nous connaissons toute votre famille; je suis sûre même qu'en cherchant bien, nous trouverions des liens de parenté.

Pour le coup, le supérieur se mit à rire.

— Ce n'est pas impossible, madame, les Bretons sont tous, dit-on, un peu parents; mais, continua-t-il avec son sourire toujours un peu railleur, ce cher Roger, vous n'en parlez pas?

Mme Dublanc rougit vivement, elle se sentit

devinée et ne put dissimuler son embarras.

— Voyons, mon petit ami, dit le prêtre en attirant Roger près de lui, avez-vous tenu votre promesse de bien travailler cette semaine?

Le petit garçon baissait la tête d'un air confus. Mme Dublanc fit un effort pour reprendre son aplomb, et répondit :

— Il ne l'a pas pu, le cher enfant; ce n'est pas la bonne volonté qui lui a manqué.

— Eh quoi donc, madame ?

La jeune femme sembla chercher dans son imagination ce qui avait pu manquer à son fils, hors la bonne volonté. Elle reprit presque aussitôt, avec une mansuétude maternelle très-convaincue :

— Le pauvre petit a eu un rhume de cerveau, monsieur le supérieur.

— Ce n'est pas grave, madame; le coryza est épidémique à cette époque de l'année.

— Ce n'est pas grave, monsieur le supérieur, mais c'est très-fatigant; on a la tête lourde, la respiration oppressée, un petit de fièvre; Roger a eu la fièvre, et...

— Et si je ne me trompe, beaucoup de pensums.

— Oui, mais comme il est guéri, Dieu merci !

— Mme Dublanc leva les yeux au ciel et embrassa son fils avec autant d'effusion que s'il venait d'échapper à un grand danger — je tiendrais à ce qu'il fît ses pensums.

— Vous avez raison, madame, il faut de bonne heure habituer les enfants au travail.

— Sans doute, fit Mme Dublanc légèrement impatientée de l'expression ironique de la physionomie du supérieur, mais il ne s'agit pas seulement de pensums, mon Roger est en retenue aujourd'hui.

— Eh bien, madame, il n'y a là rien de terrible ; le temps est mauvais ; au lieu de passer son après-midi à jouer chez vous, il l'emploiera à préparer ses devoirs de fin de semaine, et évitera ainsi de nouveaux pensums. Permettez-moi de vous le dire, madame, vous gâtez trop votre fils.

— Oh ! monsieur le supérieur, comme vous me jugez mal ; je suis très-sévère au contraire, et j'ai pris la résolution de priver mon fils de dessert chaque fois qu'il méritera une punition au collége.

— C'est une excellente résolution, madame, et je vous engage à la tenir.

— Je le ferai aussi, monsieur le supérieur; lorsque j'ai dit quelque chose, je suis inflexible; demandez plutôt à Roger.

Le regard incrédule du prêtre interrogea l'enfant qui baissa les yeux en souriant.

Mais Mme Dublanc n'y prit pas garde et continua :

— Aujourd'hui, monsieur le supérieur, je vous demanderai encore la grâce de Roger.

— Je croyais, madame...

— Oh! interrompit la jeune femme, étant en rapports constants avec les familles, vous devez en comprendre les exigences. Mon frère, l'inspecteur des finances, arrive de Paris par le train de une heure et repart pour Brest par celui de neuf heures; vous comprenez qu'il demandera son neveu.

— Et vous ne voulez pas lui dire qu'il est en pénitence ?

— Oh! ce serait si humiliant pour nous ! Pensez donc, il y a deux ans que nous ne l'avons pas vu.

— Oui, je comprends cela, et il serait, en vérité, cruel de vous punir dans la personne de votre fils ; aussi, madame, c'est à ses parents et non à lui que je fais grâce. Seulement je préviens Roger que, quoi qu'il arrive, c'est la dernière fois; ce sera à lui désormais de vous épargner de si pénibles humiliations.

Mme Dublanc remercia avec effusion le supérieur et emmena son fils.

Quelle ne fut pas la surprise du bon prêtre quand le jeudi suivant les premières personnes qui se présentèrent au parloir furent encore Mme Dublanc et son cher Roger.

Au regard embarrassé de la mère et du fils, le supérieur comprit qu'il allait encore subir de nouvelles sollicitations ; aussi, après les premières phrases de politesse d'usage, demanda-t-il d'une voix sévère :

— Roger a encore des pensums ou une retenue?

— Oui, monsieur le supérieur, mais il n'en aura plus.

— J'en serais fort heureux, madame.

— Pour aujourd'hui encore, monsieur...

— Vous venez me solliciter ?

— Oui, monsieur le supérieur, c'est que...

— Des parents de Brest ou de Quimper vous arrivent ?

— Non, ils viennent de Vannes.

Le supérieur fit un mouvement qui signifiait que la ville lui importait peu, mais Mme Dublanc ne se laissa point intimider.

— C'est une cousine de mon mari, la sœur de ce bon monsieur Le Gal qui a été votre condisciple.

— Eh bien, madame, vous direz à votre parente que je me souviens avec plaisir de son frère et que je garde Roger, puisqu'il a mérité une retenue.

— Oh ! monsieur le supérieur, je vous en prie.

Le prêtre se leva et répondit d'une voix sérieuse :

— Madame, j'ai épuisé pour votre fils toute mon indulgence ; deux fois de suite, à votre prière, je lui ai fait grâce, c'est assez. Roger doit être soumis à la discipline du collège ou n'y point rester, choisissez, madame ; quant à moi, je ne reviendrai pas sur cette décision. Roger restera à l'étude.

Mme Dublanc n'insista plus, elle comprit que ce serait inutile ; elle salua silencieusement et sortit.

« Cet homme a un cœur de pierre ! » fit-elle en s'éloignant.

Rentrée chez elle, la jeune femme se mit à pleurer.

— Ah ! mon Dieu ! Louise, qu'as-tu donc ? lui demanda affectueusement son mari.

Mme Dublanc ne répondit pas.

— Où est Roger ? continua M. Dublanc.

— Au collége.

— Aujourd'hui, jeudi ! Alors il est encore puni ?

La jeune femme fit un signe affirmatif.

— Ah ! cet enfant ! cet enfant ! Tu ne m'avais pas dit cela, Louise.

— J'espérais...

— Tu es encore allée solliciter sa grâce, n'est-ce pas ?

— Oui.

— Et le supérieur te l'a refusée ?

— Oui.

— Il a bien fait.

— Oh ! Georges...

— Oui, il a bien fait ; je commençais à le trouver trop indulgent.

— Mon ami !

— Certainement, et s'il avait fait encore grâce à Roger, je serais allé le prier d'être plus sévère pour mon fils.

— Georges, tu n'aimes pas assez ton enfant, je l'ai toujours dit.

— Vraiment, fit M. Dublanc en riant ; je crois, au contraire, que je l'aime, sinon plus, du moins mieux que toi. Allons, chère amie, ne pleure pas, Roger reviendra ce soir pour dîner. Je vais à la gare et je te ramenerai Anna, elle te distraira.

— Si elle pouvait avoir manqué le train et n'arriver que demain !

— Eh bien ! en quoi cela serait-il plus agréable ?

— Roger ne serait pas puni.

— Bah ! avec une parente, doit-on avoir tant d'amour-propre ? d'ailleurs, elle connaît les enfants.

— Oui, mais ses fils travaillent si bien, ce sont des élèves modèles.

— Ah! madame, je vous y prends ; en ce moment, vous vous aimez bien plus que votre cher Roger...

— Georges, comment peux-tu parler ainsi ?

— Sans doute ; moi je ne voyais que l'intérêt de mon fils, et toi, tu songeais à sauvegarder ton amour-propre maternel.

— Ah! mon ami, tu te trompes.

— Allons, Louise, embrasse-moi, voici l'heure du train ; adieu, sèche tes larmes afin qu'Anna ne te trouve pas les yeux rouges. On ne pleure pas parce que son fils est en retenue, mais on l'élève de façon à ce qu'il y soit le moins possible.

IX

LA VENGEANCE DE ROGER

Les Bretons ont les passions ardentes, et l'esprit de rancune n'est pas le moindre de leurs défauts. Si leur nature n'était pas assouplie par l'influence de la religion, leur humeur vindicative serait terrible, et quand on vante la magnanimité des fils de l'Armorique, on se trompe, c'est le chrétien et non le breton qui pardonne ; si l'amour de Dieu lui commande le pardon, son caractère ne lui permet pas l'oubli. Il donnera, s'il le faut, sa vie pour sauver son ennemi, mais il se souviendra toujours de l'offense qu'il en a reçue.

Roger est breton, il n'a pas fait sa première communion, son âme est loin d'être assouplie, et nous avons vu que le nombre de ses défauts était considérable.

Roger n'aimait point le supérieur de l'école
Saint-Vincent ; il ne lui pardonnait pas sa juste
sévérité et lui conservait une très-grosse dent.
Les sentiments de Roger n'étaient pas partagés
par les autres élèves ; le saint prêtre qui dirigeait
cet établissement avec autant de douceur que de
fermeté avait su gagner l'affection des jeunes
cœurs qu'il s'efforçait de former au bien, et si un
écolier s'était permis d'émettre des sentiments
hostiles au bon supérieur, il eût été mal vu par
ses camarades. Cette affection enfantine se repor-
tait sur tout ce qu'aimait le bon prêtre, même
sur Jupiter, son magnifique chat.

Un jour que le supérieur travaillait près de sa
fenêtre ouverte, apparut sur un mur voisin un
joli petit chat à l'air mutin ; le prêtre admira le
gracieux animal et lui adressa quelques *psit, psit*
de bienvenue. Le chat, enhardi par cet accueil
amical, franchit d'un bond le court espace qui
séparait le mur de la fenêtre, sauta sans façon
sur l'épaule du supérieur et lui caressa le visage
de sa belle queue blanche. Il revint le lendemain,
puis les jours suivants ; le bon prêtre offrit un peu
de lait à son visiteur, et les relations de voisinage

devinrent si fréquentes que maître chat, qui sans doute n'avait pas de gîte, élut domicile chez le supérieur, et se mit à le suivre partout. Au bout de quelques mois, il était devenu un angora superbe, d'une blancheur éclatante, et, comme il marchait avec la majesté qui convient à un chat de supérieur, les élèves le nommèrent Jupiter. Il devint promptement le favori de ce petit peuple; pas un des collégiens ne se fût avisé de tirer les moustaches à Jupiter, et moins encore de lui marcher sur la queue.

C'était à qui porterait des friandises à Jupiter, qui, comme Vert-vert, dans son cloître, était bourré de bonbons et de gâteaux. Jupiter mangeait volontiers les choux à la crème et les tartelettes; mais il préférait une nourriture plus substantielle, et parmi les élèves, ses favoris étaient quelques externes, amis fanatiques de sa majesté emmitoufflée; ces courtisans, — quelle est la puissance qui n'en a point? — offraient chaque jour à sa hautesse un tribut de têtes de sardines ou de queues de poissons conquises dans les cuisines maternelles.

Jouissant de cette popularité flatteuse, sire

8.

chat parcourait l'étendue de ses domaines sans
crainte et sans suite. Quel souverain pourrait en
faire autant !

Hélas ! aujourd'hui les rois s'en vont, et les
majestés fourrées ne sont pas plus à l'abri que
les autres des engins meurtriers. Un matin, à
l'étude, pendant que les élèves étudiaient, sans
les comprendre, les beautés d'Horace et de Vir-
gile, et farcissaient leur mémoire sans profit pour
leur intelligence, mais non sans danger pour leur
cœur et leur raison, des actions peu édifiantes
des habitants de l'Olympe, on entendit un grand
bruit de ferraille retentir dans les escaliers, dans
les corridors, sur le pavé de la cour ; puis, par
une fenêtre ouverte, Jupiter sauta résolûment
dans la salle d'étude.

A la queue du chat était attachée, oh ! horreur !
les élèves le voyaient de leurs yeux et ne pouvaient le croire ; à cette belle queue, la gloire
du collège, était attachée une vieille poêle à
frire.

L'abomination de la désolation était entrée
dans la salle d'étude ; les livres, les cahiers furent
abandonnés ; le chat, affolé par le bruit que fai-

sait l'objet attaché à son superbe appendice, courait comme un possédé autour de la salle.

Les pupitres furent désertés et les élèves se mirent à qui mieux mieux en devoir d'arrêter le chat pour le délivrer de son instrument de supplice. Plus les enfants couraient après lui, plus ils criaient, plus le pauvre animal fuyait effrayé. Le tumulte était à son comble, et la terreur qu'éprouvait leur favori désolait ces jeunes cœurs; dans un pensionnat de jeunes filles, les élèves se seraient évanouies, mais des hommes, fi donc! Les appels les plus touchants étaient adressés à l'infortunée bête, qui poursuivait quand même sa ronde effrénée.

— Jupiter, mon gros Jupiter, viens ici!

— Minet, minet, psit, psit, psit!

— Minou, pauvre minou, ici, ici!

— Jupiter, voici un gâteau!

— Jupiter, tiens une tartelette!

— Mimi, arrête-toi! là, là, il m'échappe!

— Je te porterai des sardines.

— Je te donnerai une queue de morue.

— Jupiter, mon beau, viens donc, n'aie pas peur.

— Tais-toi, Jules, tu l'effrayes ; ici, minou, viens avec moi.

C'était en vain ; Jupiter sautait sur les pupitres, disparaissait sous les tables, renversait tout ce que touchait la poêle à frire ; les grands craignaient que le chat ne devînt enragé. Enfin, après un quart d'heure de cette sarabande infernale, il vint tomber épuisé au milieu de la salle.

— Ah !

Ce soupir de soulagement s'échappa de toutes les poitrines, et chacun envia le sort des élèves aux pieds desquels le pauvre Jupiter s'abattit. Avec quel soin ceux-ci débarrassèrent la queue de leur chat bien-aimé de l'odieuse poêle à frire ! Chaque élève voulut caresser Jupiter ; on l'étendit près du feu sur une tunique dont un charmant enfant de douze ans se dévêtit pour fournir un lit plus doux au malheureux chat, qu'un sommeil réparateur ne tarda pas à visiter.

— Qui a eu l'audace d'attacher cette poêle à la queue de Jupiter? se demandèrent alors les élèves.

— Personne de la maison n'eût commis une semblable méchanceté.

— C'est sans doute quelque mauvais gamin.

— Oh! si on le connaissait! firent plusieurs voix menaçantes.

— Allons, mes enfants, dit le maître d'étude, remettez-vous à vos devoirs,

Les jeunes gens obéirent.

Roger avait couru pour délivrer Jupiter et gémit autant qu'un autre de son infortune, et pourtant c'était lui, le mauvais gamin, auteur de la condamnable espièglerie qui avait failli rendre enragé le chat du supérieur.

Une heure avant la foudroyante entrée de Jupiter dans la salle d'étude, les externes arrivaient au collége; le sac de Roger était plus gonflé que d'habitude et un sourire malin plissait sa bouche mutine. Il venait d'apercevoir Jupiter sur le mur d'une cour habituellement déserte. S'introduire sans être vu dans cette cour fut chose extrêmement facile; il s'approcha rapidement du chat qui accourait à sa rencontre et flairait son sac en miaulant.

— Oui, oui, minou, oui, mon beau Jupiter, je t'apporte un déjeuner dont tu te souviendras.

L'enfant ouvrit son sac et posa devant le matou

une appétissante petite sole fraîchement frite.

Le chat fit entendre un miaulement de satisfaction et se mit à dépecer l'excellent poisson. Pendant qu'il se délectait, Roger tira de son sac une vieille poêle ébréchée

— Vois, Jupiter, c'est de cela dont on se sert pour cuire ces bonnes soles ; je t'ai fait présent du contenu, il faut maintenant t'offrir le contenant.

Et pendant que l'animal sans défiance continuait à savourer la friture, se gardant bien de bouger de peur de perdre un coup de dent, le malin petit garçon lui attacha la vieille poêle, ce dont le chat ne devait s'apercevoir que lorsqu'il bougerait, et l'on sait que la race féline mange avec une grande lenteur.

— Adieu, Jupiter, lui dit malicieusement Roger ; adieu, mon vieux, mange bien et digère mieux encore. Ha ! ha ! ha ! tu te donneras une belle sérénade pour ton dessert ; si tu voulais nous en faire jouir pendant l'étude, tu nous ferais un grand plaisir. Ha ! ha ! ha !

Le méchant enfant s'en fut en riant. On sait la fin de l'aventure.

Ah! maître Roger, il est grand temps de vous corriger, car la prophétie de la mère Jeanne pourrait bien se réaliser; vous promettez de devenir un triste sujet. Persécuter traîtreusement, pour se venger de la juste sévérité d'un maître, un pauvre animal qui ne vous a jamais fait de mal, c'est montrer à la fois un mauvais esprit et un mauvais cœur. Ce n'est pas une espièglerie, Roger, c'est une méchanceté.

Roger, il faut le dire à sa décharge, ne croyait pas avoir commis une action aussi coupable; à ses yeux, il avait fait une malice à Jupiter, cela vexerait M. le supérieur qui était si sévère, et ce serait tant mieux. Il savourait le plaisir divin de la vengeance satisfaite, lorsque la porte de la salle s'ouvrit.

Toutes les têtes se tournèrent vers un prêtre qui, après avoir salué le surveillant, dit à haute voix :

— M. le supérieur demande Roger Dublanc.

— Roger, Roger, dirent plusieurs voix, dépêche-toi, M. le supérieur te demande.

Le jeune garçon était interdit. Il avait rougi, puis pâli, et il ramassait ses cahiers et ses livres avec une lenteur automatique.

— Allons, mon ami, dit le surveillant, pressez-vous donc un peu.

— Tu as fait encore quelque sottise, lui dirent ses voisins.

— Mais non, fit Roger qui tout bas murmurait : « Mon Dieu ! si quelqu'un m'a vu, je suis perdu. »

La cour solitaire où Roger avait accompli sa vengeance était surveillée par un œil de bœuf qui éclairait un escalier. Ce jour-là, le hasard voulut que le supérieur montât cet escalier juste au moment où Roger entrait dans la cour.

Était-ce bien le hasard? La Providence, qui veut la conversion du pécheur et non sa perte, n'avait-elle pas conduit là un témoin de l'acte mauvais accompli par un enfant qui n'en mesurait pas bien la vilenie, afin de l'éclairer et de le préserver pour l'avenir?

Le supérieur avait entendu marcher dans la cour, il avait reconnu la voix d'un de ses élèves, s'était approché de la lucarne et avait été témoin du guet-apens tendu à Jupiter. Sans doute le digne prêtre aimait son chat, comme tout homme au cœur bien né aime les animaux qui lui ont

donné quelques marques d'attachement, mais il
aimait bien davantage les jeunes âmes confiées à
ses soins. Il résolut de laisser le pauvre Jupiter à
son malheureux sort et de donner à Roger une
leçon qui lui profiterait certainement, car il savait
que si son élève avait une mauvaise tête, il possédait un bon cœur et un jugement qui reconnaissait la vérité lorsqu'elle lui était montrée.

Roger, la rougeur au front, le cœur frémissant
de crainte, entra chez le supérieur.

— Eh bien, mon ami, dit celui-ci, ce n'est pas
votre faute si Jupiter ne s'est pas rompu le cou
ou n'est pas devenu enragé.

— Mais, monsieur le supérieur, balbutia le
coupable.

— Ne savez-vous pas que jamais Breton ne fit
trahison? Les Bretons ne sont point de la race des
gens qui embrassent pour mieux étouffer. Et
c'est ce que vous avez fait, Roger ! D'une main,
vous flattiez ; de l'autre, vous trahissiez. Que vous
avait donc fait cette pauvre bête pour la torturer
ainsi ?

Roger eut envie de nier, le souvenir des peaux
d'oranges trouvées dans les cendres du foyer de

la mère Jeanne arrêta le mensonge sur ses lèvres. Il comprenait qu'il avait été vu, mais il était loin de se douter par qui.

Le prêtre continua.

— Cet animal ne vous avait rien fait, mais il m'appartenait; ne pouvant vous attaquer à moi, vous vous êtes vengé sur lui du refus que j'ai été contraint d'infliger jeudi à votre mère. L'acte que vous avez accompli est coupable sans doute, car c'est la preuve d'un mauvais cœur d'aimer à faire le mal, l'intention est plus coupable encore. Vous avez une généreuse nature, Roger, le ressentiment y parle plus haut que la reconnaissance, car si je vous ai puni une fois, c'est après vous avoir fait grâce deux fois.

Roger, la tête basse, gardait un silence obstiné.

— Si une autre personne avait été témoin de ce que j'ai vu ce matin, j'aurais été obligé de vous punir, et, pour votre châtiment, je vous aurais dénoncé à l'indignation de vos camarades; mais moi seul, je vous ai vu, moi seul connais le coupable qui a maltraité mon chat, et qui l'a fait parce qu'il ne pouvait s'attaquer à moi-même; je vous pardonne, Roger.

L'enfant ne s'attendait pas à cette indulgence; une punition bien que méritée l'eût poussé à la révolte, cette bonté, dont il se sentait indigne, le toucha profondément. Il éclata en sanglots et se jeta aux pieds du prêtre sage et éclairé qui avait su comprendre que, pour une âme généreuse, la clémence est le meilleur châtiment.

Il releva l'enfant, l'attira sur son cœur, et le maître et l'élève se promirent une amitié qui ne devait pas se démentir.

X

LA BOUTIQUE DE MAME COQUEL

Chaque jour, à la porte du collége, s'établissaient deux petites boutiques qui disparaissaient aussitôt la fermeture de l'établissement.

A l'ouest se dressait l'éventaire bien garni de gâteaux, de pommes cuites, de marrons grillés, de cocos et autres friandises appartenant à Mme Coquel, suzeraine de cette boutique et de plusieurs autres semblables, situées dans différents quartiers de la ville et tenues par ses enfants. Elle avait, comme on voit, bien des cordes à son arc, et elle savait faire venir l'eau à son moulin. Cette science lui était nécessaire ; car elle avait une nombreuse famille, une douzaine d'enfants pour le moins ; mais mame Coquel portait fièrement et sans souci cette couronne mater-

nelle abondamment fournie ; elle amassait lentement mais sûrement les gros sous dont se com-
posent les francs, et, à la fin de l'année, une fois
sa famille sainement nourrie, chaudement vêtue,
elle allait joyeusement porter à la caisse d'épargne
les économies qui devaient garantir sa vieillesse
et lui permettre d'affronter sans trop de crainte
les maladies.

C'était une grosse commère au teint florissant,
à la mine avenante, et sachant comme pas une attirer les acheteurs. Elle connaissait tous les écoliers
par leur nom, savait leurs goûts, leurs habitudes,
et elle enjôlait à merveille ces enfants qui ne de-
mandaient qu'à se laisser séduire et à échanger
l'argent de leurs menus plaisirs contre les at-
trayantes friandises que mame Coquel variait si
bien selon les préférences et aussi selon les saisons.

Rien n'était plus curieux que de voir cette ha-
bile marchande livrer assaut à la bourse de ses
clients. Dès que l'essaim des externes apparais-
sait, du geste et de la voix, mame Coquel tendait
ses piéges séducteurs.

— Bonjour, monsieur Jules, comment allez-
vous ?

— Très-bien, répondait l'enfant en jetant un regard de convoitise sur l'attrayant étalage.

— Bonjour, monsieur Georges, avons-nous été bien sage?

— Oui, assez.

— Et monsieur Joseph, mon chérubin, la maman gâte toujours son petit garçon?

— Oh! elle est très-bonne, petite mère, voyez ce qu'elle m'a donné.

M. Joseph, sur sa petite main bien ouverte, faisait miroiter sous les yeux charmés de la marchande une belle pièce de vingt sous toute neuve.

— Je pourrai avoir beaucoup de choses avec ça, n'est-ce pas, mame Coquel?

— Je crois bien, mon chéri, choisissez ce qui vous plaira. Ah! voilà M. Gaston, comme il grandit chaque jour, tout à l'heure, c'est quasiment un homme. Quand je pense que je le faisais sauter sur mes genoux, il y a cinq ou six ans à peine.

— C'était hier la fête de mon parrain, mame Coquel.

— Vraiment, et a-t-il été généreux?

— Je crois bien.

— Que vous a-t-il donné?

— De l'argent, j'aime mieux ça, on achète ce qu'on veut.

— Vous avez raison, monsieur Gaston, alors le parrain vous a donné une somme rondelette.

— Très-rondelette.

— Combien donc?

— Devinez.

— Cinq francs?

— Oh! fi donc.

— Pardon, monsieur Gaston, un moment, que désire monsieur Gustave?

— Une orange.

— Voilà, mon petit monsieur, elle est très-douce, de la pure Mayorque, vous y reviendrez, mon ami.

— Combien?

— Quinze centimes, c'est pour rien, mais je n'aime pas à spéculer sur les enfants, moi! Votre parrain vous a donné dix francs, monsieur Gaston?

— Plus.

— Quinze francs alors?

— Vingt francs, mame Coquel, un beau louis d'or que je vais entamer chez vous.

La marchande jeta sur ses friandises un regard dédaigneux; évidemment elles ne valaient point la peine d'être échangées contre une pièce d'or; aussi tira-t-elle des profondeurs d'un panier mystérieux, caché sous son établi, une demi-douzaine de beaux sucres de pomme de Rouen.

— Voilà ce qu'il vous faut, monsieur Gaston, vous pouvez bien vous en payer un.

— Certainement, je ne savais pas que vous en vendiez.

— Je vends de tout, monsieur Gaston, bien à votre service. Je suis à vous, monsieur Roger, que vous faut-il?

— Je n'ai pas beaucoup d'argent, répondit notre héros d'un air morose.

— Nous avons encore été paresseux, mon ami ?

— On donne tant de devoirs au collége !

— Ça, c'est vrai ! c'est pas pour dire, mais on les fatigue trop, ces enfants.

— Maman dit comme vous, mame Coquel, mais papa n'est pas de son avis, aussi...

— Le pauvre monsieur Roger a la bourse plate, n'est-ce pas ? Mais c'est égal, mon petit, ami, je vends à bon marché; que voulez-vous?

— Des berlingots.

— Pour combien?

— Pour un sou.

— Bien, mon ami, voici quatre berlingots et un que je vous donne par-dessus le marché, cela fait cinq.

Tous les marchands vendaient cinq berlingots pour un sou, mame Coquel en vendait quatre et donnait un. Elle aimait tant les enfants, cette excellente femme!

La boutique située à l'est de la porte du collège, vis-à-vis de celle de la marchande de gâteaux, était tenue par un homme dont l'extérieur contrastait étrangement avec la mine satisfaite de la joyeuse mame Coquel. Il était aussi maigre qu'elle était grasse, aussi triste qu'elle était gaie. Malgré son visage terreux et prématurément ridé, on voyait qu'il était fort jeune; ses yeux caves, voilés par l'expression de la douleur, trahissaient une suprême déception qu'on est surpris de trouver dans un cœur de vingt ans.

Ce jeune homme devait être seul dans la vie, car ses vêtements délabrés, rarement raccom-

9.

modés, disaient assez qu'une sœur ou une mère ne les soignait pas. Parfois l'excellente mame Coquel, avec cette bonté que possèdent les gens du peuple et dont ils usent largement envers leurs semblables, avait passé les heures libres que lui laissait la durée des classes à repriser un peu les mauvaises hardes de son confrère.

Claude Molac, ainsi ce nommait ce pauvre hère, vendait des plumes, des crayons, du papier, de la gomme à effacer, du sable, de la cire à cacheter et autres menus articles de papeterie; mais son débit et ses bénéfices étaient loin d'être aussi considérables que ceux de son vis-à-vis. L'établissement ou les parents fournissaient aux élèves les objets nécessaires à leur travail, et les clients de Claude Molac étaient surtout les étourdis qui perdaient ou abîmaient leurs crayons, leurs cahiers ou autres fournitures de classe. De plus, le pauvre marchand était obligé de vendre ses marchandises au prix courant, et, comme il achetait au détail, ses bénéfices étaient très-restreints.

Souvent sa charitable voisine lui avait conseillé de choisir un métier plus lucratif.

— Je le voudrais bien, mais que voulez-vous que je fasse? Pour tous les états il faut un apprentissage et pour ceux qui n'en exigent point ma santé n'est pas assez forte.

— Mais, ami Claude, voici trois mois à peine que vous vendez des crayons, du papier et autres balivernes pour l'instruction, que faisiez-vous avant?

Sans rien connaître de Lafontaine, la digne femme posait à Claude la question de la fourmi à la cigale.

Le jeune papetier eût-il pu répondre comme la cigale?

C'est ce que nous allons apprendre. Claude Molac est appelé à jouer un rôle trop important dans la vie de Roger Dublanc pour que nous ne le fassions pas un peu mieux connaître à nos lecteurs.

XI

CLAUDE MOLAC

Si vous êtes Bretons, vous connaissez, je pense,
Nos beaux champs de genêts? Lorsque le vent balance
    Leurs brillants panaches dorés,
Tout pâlit, les muguets, les blanches pâquerettes
    Et les frais bluets azurés [1].

Dans un de ces superbes champs de genêts qui
en Bretagne limitent généralement les forêts et
devant lesquels s'étendent de vastes landes, trois
jeunes garçons d'environ quinze ans gardaient
leurs troupeaux.

Ils étaient tous trois grands et forts pour leur
âge, frais et bien portants. Comme c'était un dimanche, ils portaient fièrement l'élégant costume
des hommes de ce pays; rien n'est plus seyant
que cet habillement de paysan. La veste flottante

[1]. Camille Duroyou.

et le gilet décolleté, laissant voir la chemise en fine toile blanche, sont en drap blanc orné de velours noir, de broderies multicolores et de nombreuses rangées de sequins sur les poches de la veste et du gilet. Les pantalons sont noirs, excepté pour les fêtes où l'on préfère le gris clair. En hiver, le petit chapeau rond à larges bords et en feutre noir ; en été, il est en paille, tous deux sont garnis d'un velours noir à longs bouts flottants. Pour les mariages et les pardons, on y ajoute des rubans de couleurs vives, et, suivant les saisons, des fleurs des champs ou des plumes d'oiseaux.

La lande fleurie où nos trois pâtres surveillent leurs troupeaux est sise sur les bords enchanteurs d'un fleuve charmant, qu'on a canalisé pour les besoins du commerce sans rien lui enlever de son attrait pittoresque.

Assis sur les talus gazonnés, nos jeunes bergers occupent diversement leurs loisirs.

Eostik, le blond, le joyeux garçon qui porte si bien son joli nom[1], chante à pleine voix et jette aux échos de cette calme campagne les refrains

1. *Eostik* en breton signifie rossignol.

d'une chanson que l'on est surpris d'entendre en
cet endroit. N'est-ce pas étonnant, en effet, que
ce joli gars, vêtu de son antique et gracieux costume, préfère aux poétiques ballades de son pays
un chant comme celui-ci :

> J'ai un pied qui remue
> Et l'autre qui ne va guère;
> J'ai un pied qui remue
> Et l'autre qui ne va plus.

Oh ! Eostik, mon bel armoricain, si gentil dans
votre costume séculaire, pourquoi remplacer les
bers de vos ancêtres par les turlupinades stupides
qu'on supporte avec tristesse, même sur les lèvres
des voyous parisiens !

Pourquoi ? Parce que Eostik, ainsi que ses parents et ses amis, va souvent à la ville, le lundi
surtout, jour du grand marché. Or, cette jolie
ville, dont le clocher et les toits d'ardoises brillent
là-bas sous les rayons du soleil, a l'honneur
d'avoir une brillante garnison, et les soldats, ca-
valiers ou fantassins, n'ont pas toujours, on le
voit, un répertoire très-choisi.

Près d'Eostik, sans prendre garde à ses chants,
Candal sculpte le manche de son fouet. Lui aussi

mérite son beau nom breton[1]. Son petit chapeau, rejeté en arrière, laisse apercevoir, entouré d'une auréole de cheveux chatains, un front d'une éblouissante blancheur, rayonnant de candeur et de franchise.

Non loin d'eux, mais absorbé dans la lecture d'un de ces mauvais romans que les colporteurs répandent par milliers dans les campagnes, le troisième pâtre s'était allongé commodément pour mieux savourer son livre.

— Tu veux donc devenir savant, Claude Molac? dit Eostik en cessant son chant.

— Oh! non, je veux devenir riche.

— Pourquoi faire? demanda Candal avec une extrême surprise.

— Dame! pour faire ce que font les riches.

— Tu crois qu'ils s'amusent mieux que nous? fit Eostik d'un air incrédule.

— Ils ne travaillent pas au moins.

— Je m'ennuierais bien s'il me fallait ne rien faire.

— Oh! Candal, les jeunes gens de la ville ne restent pas à rien faire; ils vont au café, ils

1. *Candal*, front éblouissant.

jouent aux cartes et ils gagnent de l'argent tout
en s'amusant.

— Mais il y en a qui perdent, et cela ne doit pas
beaucoup les amuser.

— Ils gagnent une autre fois. Vois René Le-
bihan qui fait le monsieur maintenant ; son père
était paysan comme le sont les nôtres.

— Seulement il était très-riche, Claude.

— Parce qu'il faisait le commerce de grains ;
est-ce que nos pères ne pourraient pas le faire
aussi ?

— Il faut déjà être un peu riche pour se lancer
dans le commerce, répondit Eostik ; mon parrain,
pour avoir commencé avec trop peu d'argent,
s'est complétement ruiné.

— Eh bien, il faut trouver l'argent nécessaire
pour s'enrichir, dit Claude avec conviction.
Quand j'en aurai assez, j'en donnerai à mon
père pour qu'il puisse faire du commerce, et que
mes frères et mes sœurs deviennent riches à
leur tour.

— Et comment t'y prendras-tu pour gagner de
l'argent? demanda Candal ironiquement.

— Oh ! il y a bien des moyens, répondit Claude ;

vous autres qui chantez ou rêvez toute la journée, vous n'apprenez rien, tandis que moi qui lis tous les livres que je peux emprunter (ou acheter, je deviens savant, sans que mon père soit obligé de m'envoyer au collége et que je sois forcé de travailler. On s'instruit beaucoup en lisant, et on apprend des choses très-curieuses qui ne s'enseignent point au lycée ; j'ai interrogé des élèves, et j'ai vu que j'en savais plus long qu'eux au point de vue pratique.

— Qu'est-ce que c'est que le point de vue pratique ? demanda Eostik.

— C'est une manière de parler dont on se sert dans les livres pour qualifier ce qui est nécessaire.

— Monsieur le curé dit que ces livres sont très-mauvais, et mon père assure qu'ils sont écrits par le diable.

— Oh ! pour cela non, car les méchants sont punis sévèrement, et les bons finissent toujours par avoir le dessus. Quant à monsieur le curé !

— Est-ce que tes livres disent du mal de monsieur le curé ? dit Candal, rouge d'indignation.

— Oh ! non, pas du nôtre, il est trop bon pour

ça ; mais des autres qui ne le valent pas, et, comme me disait le colporteur, c'est pour ça que votre curé ne veut point que vous lisiez ces livres ; il est si pieux, si humble, si charitable qu'il serait fâché que l'on apprît qu'il en existe d'autres moins bons que lui ; il craindrait de passer pour un saint.

— Ce serait-y vrai ? fit Eostik.

— Nous le demanderons au frère Zéphirin. Mais voyons, as-tu trouvé le moyen de devenir riche tout d'un coup ?

— Oh ! tout d'un coup c'est difficile, quoiqu'il y en ait qui trouvent parfois des trésors ; mais il est certainement des moyens de devenir riche très-vite, seulement il faut aller dans les grandes villes. Dans ce livre il y a l'histoire d'un jeune paysan qui voulait épouser la demoiselle du château; sachant bien qu'étant paysan et pauvre, il ne le pouvait pas, il partit pour Paris. Sur sa route, il trouve un billet de cent francs ; tout heureux de sa trouvaille, il demande à un monsieur qui passait près de lui si avec cette petite somme il ne pourrait pas gagner d'autre argent. Le monsieur le conduisit dans un café de la ville où on jouait aux cartes ; Jean gagna cent mille francs.

— Bah ! fit Eostik.

— C'est vrai, puisque c'est dans le livre, affirma Claude d'un air convaincu. A la suite de beaucoup d'aventures où il gagna d'autres cent mille francs, il devint un grand seigneur, le roi l'anoblit et il épousa la comtesse.

— Et il fut heureux? demanda Candal.

— Je crois bien, il avait des laquais, des chevaux, des voitures...

— Mon père a raison de dire que ces livres sont diaboliques, car Jean avait volé cet argent : le billet ne lui appartenait pas, il devait le remettre au curé ou au maire de l'endroit.

— Tiens, c'est vrai, fit Claude ; je n'avais pas songé à cela. Mais il y en a qui arrivent autrement.

— Voyons ? dit Candal d'un air railleur.

— Oui, j'ai lu qu'un petit acrobate avait été adopté par une riche dame qui le fit son héritier, parce qu'il ressemblait à son fils, mort tout enfant.

— Cela se voit une fois sur mille, répondit Eostik.

— Et tu n'as plus l'âge d'être adopté, mon pauvre Claude, ajouta Candal.

— Sans doute, mais dans les grandes villes il y a tant de chances à courir. Que je voudrais être dans une grande ville ! soupira Claude.

— Pas moi, fit Eostik, j'aime bien mieux la campagne, courir dans les champs, monter notre cheval blanc pour aller aux foires du voisinage, boire du cidre nouveau et manger des crêpes beurrées, comme les fait ma mère.

— Et toi, Candal ? dit Claude avec un sourire légèrement ironique.

— Eostik a raison et je pense comme lui ; j'aime notre vie des champs et je ne désire autre chose que de devenir un bon fermier comme mon père et épouser un jour la petite Anna, répondit gravement Candal.

Claude ne dit rien, mais il regarda avec dédain ses deux camarades, dont l'intelligence étroite ne savait pas concevoir des projets ambitieux comme les siens. Il reprit le roman commencé et se plongea de nouveau dans cette dangereuse lecture.

XII

A LA RECHERCHE DE LA FORTUNE

Quelques jours après, on chercha vainement
Claude Molac dans son village; il avait disparu,
emportant ses vêtements et vingt francs qu'il
amassait depuis longtemps. Eostik et Candal
racontèrent alors la conversation que nous venons de résumer, et le père du fugitif défendit
qu'à l'avenir on lui parlât de son fils.

— Quand il reviendra, ajouta le digne paysan,
la porte de la maison paternelle s'ouvrira pour
lui, mais je ne veux pas qu'on le recherche et
qu'on le ramène de force ; maintenant il serait
très-malheureux ici. Laissons-le comparer l'existence de la ville et celle de la campagne, laissons-
le surtout apprendre à ses dépens que là-bas
comme ici, riches ou pauvres, chacun doit tra-

vailler pour acquérir ou conserver la fortune. Je
connais mon fils, il est bon et honnête; son imagination est égarée par les mauvaises lectures
qu'il faisait à mon insu; quand la réalité lui aura
dessillé les yeux, il nous reviendra ou il appren-
dra là-bas un métier honorable, car, si l'on est
plus heureux à la campagne, on peut vivre hon-
nètement à la ville.

Après ce discours sage et conciliant, Mathurin
Molac mit sa bêche sur son épaule et s'en fut
reprendre gravement son labeur quotidien.

Claude était bon marcheur; la joie de se sentir
libre, l'espérance de réaliser les rêves insensés
dont de coupables écrivains remplissent leurs
livres, aussi absurdes au point de vue de la raison
que malsains sous le rapport moral, la crainte
d'être poursuivi et ramené au village paternel,
lui donnaient des ailes. Pendant deux ou trois
jours, il marcha presque constamment, s'arrêtant
seulement vers midi près d'une fontaine, lorsqu'il
en rencontrait sur sa route; il prenait alors un
léger repas et un peu de repos, ensuite il continuait sa marche jusqu'à la nuit qu'il passait dans
une grange. Il évitait les villes et les villages,

prenait les chemins de traverse et répondait si par hasard quelqu'un lui demandait :

— Où vas-tu, jeune homme, tu parais bien pressé ?

— Je vais à Rennes apprendre un état, je ne veux point perdre de temps en route.

— Tu as raison, mon garçon, le temps est précieux, bonne chance.

— Merci bien.

Un soir cependant, étant très-fatigué et se trouvant vers six heures à l'entrée d'une forêt, il résolut de se donner une longue nuit de repos.

Il dormait depuis deux heures, couché mollement sur le tapis de mousse d'une riante petite clairière que les rayons de la lune éclairaient *à giorno* et que parfumait le muguet des bois, lorsqu'il fut réveillé par le bruit de pas de chevaux et les éclats d'une conversation bruyante; la clairière se trouva bientôt envahie par une troupe d'écuyers et d'écuyères à cheval, suivie de lourds chariots.

Claude vit de suite que les arrivants formaient le personnel d'un cirque qui venait de terminer sa station dans la ville voisine. Rien ne pouvait lui être plus agréable que cette rencontre ; dans sa naïve ambition, il remercia le ciel de cette chance inespérée. Il s'empressa de rendre aux écuyers mille petits services qui lui valurent une cordiale invitation à souper. Le jeune Breton accepta, et entre la poire et le fromage il demanda à ses amphitryons s'ils avaient vu beaucoup de petits acrobates adoptés par de riches dames.

— Jamais, répondit le chef avec surprise.

— Cependant je l'ai lu dans un livre.

— Alors c'est différent, — les gens du peuple croient facilement à la véracité des écrivains; — il y a, c'est certain, des particulières qui sont si drôles. Pourtant c'est rare, mon ami.

— Dans votre état, on ne fait pas fortune ? dit Claude un peu déconcerté de l'incrédulité railleuse qui avait accueilli le récit de l'adoption du jeune acrobate.

— Pas souvent, mais quelquefois pourtant. Léotard, le parent de celui qui s'est tué devant l'empereur en faisant le saut du trapèze, est mort millionnaire, à trente ans, dans ses propriétés aux environs de Toulouse.

— Vous voyez bien ! Je veux être écuyer, fit le jeune ambitieux.

— Pour mourir millionnaire, mon garçon ?

— Ce n'est pas impossible, puisque Léotard à trente ans...

— Oh ! mon petit, il ne faut point se faire d'illusions. Pour un Léotard qui devient riche, il y en a cent qui meurent dans le cirque comme son infortuné cousin et mille qui finissent à l'hôpital.

— C'est une affaire de chance, reprit Claude, je veux essayer. Où allez-vous ?

— A Rennes.

— Moi aussi. Voulez-vous m'accepter parmi vous en attendant que je puisse paraître en public ?

— Et que je sois adopté par une marquise, fit un loustic en riant.

Claude ne jugea pas à propos de relever la raillerie ; d'ailleurs, sa crédulité villageoise ne se laissait pas aisément abattre et son entêtement breton ne se rendait pas si vite.

— Je sais soigner les chevaux, continua-t-il.

— Cela va très-bien ; Pasco nous a quittés,

c'était lui qui soignait les chevaux des écuyères, tu le remplaceras.

Ainsi Claude arriva à Rennes, non pas pédestre et solitaire, mais à cheval et en nombreuse compagnie.

Nous n'avons pas l'intention de suivre sa vie heure par heure ; ce serait, croyons-nous, peu agréable, si l'on en juge par la figure attristée de Claude.

Son joli costume breton n'est pas remplacé par des habits de gentilhomme, il n'a en perspective aucun million, et depuis un an qu'il est à Rennes, il est toujours garçon d'écurie d'un cirque ambulant ; il gagne bien peu et cependant il travaille beaucoup plus qu'au village.

Claude n'est même pas arrivé à la dignité de clown. Il est grand, fort, bien découplé ; mais cette vigueur, qui en ferait un beau paysan ou un solide ouvrier, lui enlève précisément la souplesse nécessaire aux acrobates.

Le cirque va quitter Rennes, le jeune homme, qui ne veut point rester palefrenier et que poursuit toujours sa brillante chimère, dit adieu à ses compagnons. Il a deux cents francs dans ses

poches, car il a soigneusemeut économisé tout ce
qu'il a gagné au cirque afin de pouvoir tenter
autrement la fortune, qui ne vient pas décidément
aussi vite qu'on le dit dans les livres.

Cependant, au milieu des folies de son imagination égarée, notre jeune Breton a conservé un
réste de bon sens pratique ; il a compris qu'il ne
pouvait rester à rien faire, il est entré comme
garçon boulanger chez le fournisseur du cirque.
Le métier est dur mais bon, et lui permettra de
vivre en attendant les millions rêvés. Si tous les
chercheurs de fortunes rapides avaient cette sagesse pratique un plus grand nombre arriveraient
au but de leurs désirs.

Claude se disait qu'il avait dans sa poche deux
fois la somme qui servit d'échelon à l'heureux
Jean, le héros de son livre, pour arriver à la fortune et aux honneurs. Que ne jouait-il, lui aussi?

Il avait appris avec les écuyers du cirque le
maniement des cartes, et il possédait au jeu une
certaine habileté; mais si, dans les tripots qu'il
avait fréquentés, il était facile de perdre deux
cents francs, il était impossible d'en gagner
même deux mille ; il fallait donc commencer par

autre chose que le jeu. Pour pénétrer dans les cafés et les cercles où se jouaient de grosses sommes, il fallait être un monsieur, et c'était là l'ambition de Claude; la fortune viendrait ensuite.

Naïf Claude!

Notre jeune fou cherchait un échelon social. Ah! s'il eût été avocat ou apothicaire, il eût pu travailler à faire une révolution, et d'emblée il fût devenu préfet, ministre, général ou... déporté. Mais ce triste résultat n'arrive que neuf fois sur dix pour ces privilégiés, et encore on peut s'évader.

Heureusement, notre jeune Breton ignorait toutes ces choses; car qui pourrait dire où s'arrêtera l'ambitieux qui cherche la fortune ailleurs que dans le travail persévérant et honnête?

Un soir, qu'il errait comme d'habitude seul dans les rues de la grande ville, observant les passants et semblant attendre quelqu'un ou quelque chose, Claude s'aperçut qu'il était suivi par un homme qui l'examinait attentivement.

Son cœur battit vivement, mais ce fut d'espérance et non de crainte; il vivait toujours dans l'attente d'un événement imprévu. L'étranger, voyant son manége découvert et ne connaissant pas les sentiments du jeune homme, continua son chemin sans avoir l'air de prendre garde à lui. Claude éprouva une déception, et machinalement il se mit à suivre son « fileur. »

Ce que voyant, celui-ci demanda brusquement:

— Que me voulez-vous?

— Et vous? répondit Claude.

Il y eut un moment de silence. L'inconnu regarda de nouveau le jeune homme, et un sourire de satisfaction ironique épanouit son étrange visage.

— Je vous connais, l'ami? dit-il.

— Vraiment! fit Claude.

— J'ai entendu parler de vous par Pasquita.

— Ah!

— Elle m'a dit votre désir de devenir riche, et elle m'a recommandé de vous servir, si j'en trouvais l'occasion.

— Cette bonne Pasquita!

— Elle m'a répondu de votre intelligence et de votre bonne volonté.

— Sans doute.

— Je suis tout disposé à vous être agréable.

— Et que pouvez-vous faire pour moi ? demanda le jeune ambitieux, le cœur dilaté par l'espérance.

— Je vais vous le dire, mon ami, seulement pas ici dans la rue ; venez chez moi, nous causerons plus librement.

XIII

PAUVRE CLAUDE

Le racoleur de Claude habitait au troisième étage d'une maison située sur une des principales places de Rennes. Son appartement était relativement confortable et d'une minutieuse propreté : les Allemands sont très-propres, *chez eux !*

L'ami de Pasquita était Allemand; son accent et son physique eussent trahi sa nationalité s'il avait eu une raison de la cacher, mais les *honnêtes* fils de la Germanie étaient choyés par la bonhomie française.

Le logement se composait de deux pièces : une jolie chambre bien claire avec des meubles en cerisier verni et des tentures de perse aux dessins riants et aux douces nuances. La cheminée était garnie de vases en porcelaine peinte remplis de fleurs; on n'y voyait point encore de pendule. C'était avant la guerre!...

De la chambre on passait dans un petit cabinet, dont un bureau aux casiers numérotés formait le principal ornement. L'ami Fritz était placier.

L'Allemand offrit un siége au Breton; il s'assit lui-même, bourra sa pipe, remplit deux verres de bière et commença :

— Mon bon Claude, je pense que les deux années que vous venez de passer à la ville ont calmé la fièvre de votre imagination; vous avez appris à vos dépens que les alouettes ne tombent pas du ciel toutes rôties.

— Ah! si j'avais su! murmura tristement le jeune homme.

— Vous n'auriez pas cru les sornettes qu'inventent les écrivains pour gagner de l'argent. Enfin, si votre gouvernement trouve bon d'encourager cette littérature détestable qui égare l'esprit de ses sujets, détruit la discipline dans son armée et dégoûte l'ouvrier du travail, je n'ai pas à l'en empêcher. Vous devez commencer à comprendre, ami Claude, qu'à la ville comme à la campagne, il faut travailler à moins qu'on ne naisse dans un bon coffre-fort, bien matelassé de billets de banque. Et encore l'homme qui ne travaille pas lègue à ses enfants la nécessité du travail ; donc, à part les insensés, tout le monde travaille et doit travailler.

— Ah ! si j'avais su, répéta encore le pauvre Claude.

— Vous seriez resté au village, n'est-ce pas ?

— Certainement.

— Et pourquoi ne pas y retourner ?

— Parce qu'on se moquerait de moi. Et puis, je crois que je m'ennuierais.

— Cela est probable. Quand on a quitté la campagne, on la regrette ; mais une fois qu'on a vu la ville, on ne saurait plus se contenter de la vie monotone du village. Moi qui vous parle, je donnerais tout au monde pour n'avoir pas abandonné mon bourg natal, et pourtant, je ne pourrais y vivre maintenant. Mais le passé est loin de nous, nous ne disposons que du présent, il faut essayer d'en tirer le meilleur parti possible, On est plus sûrement heureux à la campagne, mais on peut très bien n'être pas malheureux en ville.

Je suis placier, mon garçon, et j'ai une excellente position à vous proposer. Vous avez l'habitude des chevaux, et M. le préfet a besoin d'un cocher. Vous serez bien vêtu, bien logé, vous aurez de beaux gages, et vous jouirez de la considération qu'on accorde aux domestiques de bonnes maisons.

Domestique! pauvre Claude, quelle chute! Partout et toujours on lui offrait d'être valet, lui qui croyait qu'il était si facile à la ville de devenir un monsieur.

Cependant servir pour servir, mieux valait être cocher chez M. le Préfet que garçon boulanger ; il accepta.

— Très-bien, dit Fritz, vous aurez six cents francs de gages, sans compter les étrennes et les autres profits; puis je vous donnerai deux cents francs pour le service que je sollicite de vous en échange de celui que je vous rends.

A ces paroles prononcées avec un certain embarras, Claude releva la tête et regarda son interlocuteur d'un air surpris.

Fritz continua :

— J'aurais préféré vous placer là comme va-

let de chambre, mais la place est prise pour longtemps par un domestique de confiance. Votre
rôle par rapport à moi sera donc de faire causer
ce vieux serviteur devant lequel ses maîtres
parlent librement...

— Vous me proposez d'espionner, je crois? fit
le jeune Breton indigné.

— Je vous offre de gagner de l'argent, répondit cyniquement le Germain.

— Alors, vous êtes de la police.

— Peut-être.

— Je ne veux pas être mouchard.

— Mon ami, il y a de plus grands personnages
que vous qui font partie de la police occulte.

— Ce sont de malhonnêtes gens.

— Vous êtes bien délicat. Qu'auriez-vous dit
si je vous avais proposé de voler?

— Moi! je vous aurais envoyé mon poing au
visage.

— Corbleu! vous n'êtes pas tendre! De quel
bois vous chauffez-vous donc? Vous êtes un drôle
de particulier et Pasquita m'a trompé sur votre
compte.

— Oui, si elle vous a laissé croire que

j'étais capable de commettre une mauvaise action.

— Ah! ah! ah! il est charmant ce jeune homme; il croit que la fortune vient en dormant ou qu'on l'acquiert rapidement sans travail, par des moyens honnêtes. Mon ami, quand on se mêle de lire, il faut comprendre ce qu'on lit et savoir que la lettre tue et l'esprit vivifie. Or, dans l'honorable littérature qui vous a détraqué le cerveau, la lettre, ce sont les histoires à dormir debout qui vous ont conduit à Rennes, et l'esprit, c'est que si l'on veut s'enrichir vite, il faut mettre sa conscience en réserve pour le moment où étant millionnaire, on peut se donner le luxe d'être honnête homme.

Claude se leva.

— Ce que je dis n'a pas l'air de vous plaire? ricana Fritz.

— Ce que vous dites me dégoûte profondément.

— Bien obligé. Et vous partez?

— Oui, il me tarde d'être loin d'ici.

— De mieux en mieux. Mais à présent que sur le conseil de cette stupide Pasquita je me suis confié à vous, qu'est-ce qui me répondra de votre discrétion?

— La honte que j'éprouve d'avoir été jugé assez vil pour recevoir votre proposition.

— Il a l'âme chevaleresque ce jeune homme. Est-il assez naïvement bête ! Ah ! qu'il est bien français !

— Plaît-il ! s'écria Claude que sa patience commençait à abandonner. Vous avez envie, je crois, maître Fritz, avant que nous nous séparions, de faire connaissance avec mes poings bretons ?

— Vous êtes fou, jeune homme ! bonsoir et soyez discret, ou je vous ferai soigneusement fermer la bouche.

L'Allemand prit Claude par les épaules et le mit à la porte.

Le jeune Breton descendit rapidement les escaliers ; arrivé dans la rue, il respira profondément. Il disait vrai quand il affirmait qu'il étouffait en présence de cet odieux mouchard — l'espion prussien était encore ignoré —, semblable au thermite qui détruit lentement l'objet auquel il s'attache, il ébranlait sourdement la France.

Pauvre Claude, qu'il était à plaindre ! Toutes ses illusions avaient fui, il comprenait qu'il ne pouvait atteindre la fortune, et il n'osait ni ne voulait retourner au village.

La déception le rendit taciturne, il ne voulut former aucune relation d'amitié dans la grande ville, refusa de se faire admettre dans ces patronages catholiques où les jeunes ouvriers retrouvent avec des pères et des amis une vision charmante de la famille absente. Sa santé ne résista point à cette tristesse désespérée qui, faute d'épanchement, retombait lourdement sur son cœur meurtri. Il quitta son bon mais pénible métier et se fit cocher de fiacre. Un soir qu'il avait attendu plusieurs heures sous une pluie battante, il gagna une bonne fluxion de poitrine, qui dissipa toutes ses économies. La convalescence fut très-longue, ses forces ne revenaient pas, il ne pouvait plus supporter un travail fatigant. Il essaya de vivre en vendant des allumettes, des almanachs, du coco, et enfin nous le trouvons établi en face de mame Coquel, débitant du papier et des crayons.

XIV

LA DETTE

Le pauvre Claude n'avait ni la voix sonore, ni les manières engageantes de son vis-à-vis. Il faut le dire, ses marchandises étaient loin d'être aussi séduisantes, et il devait vivre de bien peu pour pouvoir se suffire de si faibles bénéfices.

Roger l'étourdi était une des meilleures pratiques du papetier, les jours où il n'avait pas perdu crayons, cahiers ou porte-plumes étaient rares, et le marchand le voyait toujours arriver avec plaisir. Mais le petit garçon restait paresseux et espiègle; il était constamment au régime des retenues et des pensums, et sa bourse de menus plaisirs s'en ressentait, car M. Dublanc était un père sage et par conséquent sévère.

Les quelques pièces de cinquante centimes

que Roger arrachait à la tendresse de sa mère eussent suffi à payer le papetier ; mais la boutique de bonbons était là si affriolante que les petites pièces blanches y passaient entièrement. Pourtant les crayons s'égaraient, les cahiers se transformaient en albums de caricatures, il fallait les remplacer ; le jour arriva où le marchand sollicité donna à crédit ces fournitures indispensables. L'écolier le remercia chaleureusement et lui promit de le payer le lendemain.

Le lendemain, mame Coquel avait reçu une nouvelle provision de pains d'épice, impossible de n'y pas goûter. Claude fut obligé d'attendre ; puis la paresse de son débiteur continuant, sa bourse s'en ressentant et sa gourmandise étant toujours insatiable, il dut faire de nouveaux crédits.

Roger prenait chaque soir la résolution de payer le pauvre marchand, mais chaque matin il oubliait sa promesse de la veille et, tout en rougissant sous l'œil attristé de son créancier, il vidait sa bourse dans celle de la marchande de gâteaux.

Cela dura une quinzaine de jours, puis Claude ne parut plus à la porte du collége. Roger sou-

pira de satisfaction, car il lui devait dix francs.
Il ne se demanda point où était le papetier, il ne
songea, l'égoïste, qu'à la joie d'être débarrassé de
cet importun regard de reproche que le pauvre
marchand lui adressait en vain chaque jour ; il
pensa qu'il avait quitté Rennes et qu'il ne le
reverrait plus.

Le temps s'écoulait et le moment béni où
Roger devait pour la première fois recevoir dans
son cœur le créateur de l'univers arriva. Notre
jeune ami ne s'était nullement corrigé de ses
nombreux défauts. Le supérieur hésita à l'admettre dans la pieuse phalange des premiers
communiants, mais il réfléchit que souvent ces
vices de l'enfance disparaissent avec l'âge ; que
Roger était un bon enfant, au cœur pur, à la
raison droite, et que la grâce du sacrement
eucharistique le rendrait plus fort pour vaincre
ses défauts. Le jeune Dublanc fut donc admis au
bonheur de la sainte table. Élevé dans une famille pieuse, son âme était préparée à comprendre la grandeur du divin sacrement ; pendant la
retraite qui précéda ce grand jour, il édifia tout
le monde par sa vive piété.

Cependant Roger paraissait triste et préoccupé; il pleura beaucoup pendant un sermon sur la satisfaction, dans lequel le prédicateur parla avec une grande force de la nécessité de réparer le tort fait au prochain. Les dix francs dus au pauvre Claude tourmentaient sa conscience. Qu'était devenu le marchand ? Il paraissait si malheureux, et lui Roger avait sans doute augmenté sa misère par son égoïsme et sa gourmandise. Oserait-il aller recevoir son Dieu avec le poids de cette dette non acquittée ? Cette pensée le bouleversait et ses remords devinrent bientôt intolérables ; il se décida, à sa grande confusion, à tout avouer à son confesseur.

Le ministre de Dieu écouta sérieusement la confidence de l'enfant, et, après lui avoir démontré la nécessité de ne jamais faire de dettes, il ajouta :

— Mon cher enfant, ce marchand reviendra peut-être, et vous pourrez vous acquitter envers lui assez généreusement pour réparer le tort que vous lui avez causé. Si, dans un an, vous ne l'avez point revu, c'est qu'il aura quitté la ville ; alors vous donnerez cet argent aux pauvres. Me promettez-vous de faire cela ?

— Oh ! bien certainement, mon père.

— Maintenant, laissez de côté cette préoccupation et ne pensez plus qu'à la joie de recevoir votre Dieu.

Après sa première communion, il y eut un peu de progrès dans la conduite de Roger ; mais les vacances, hélas ! vinrent dissiper les bonnes résolutions, et à la rentrée le petit garçon revint à ses anciennes habitudes de paresse et de gourmandise.

Cependant une bonne première communion est pour la vie entière une égide protectrice ; Dieu soutient d'une manière toute spéciale ceux qui l'ont reçu dignement dans la ferveur de leur innocence. Roger allait recevoir l'atteinte bienfaisante de cette grâce puissante qui terrasse les plus récalcitrants et rend forts les plus faibles.

Un matin de novembre, le jeune Dublanc sortait du collége, marchant très-vite pour se réchauffer. Tout à coup il s'arrêta brusquement, une voix qui ne lui était pas étrangère venait de prononcer son nom. Il regarde autour de lui et aperçoit sous le portique d'une chapelle un mendiant qui lui tendait son chapeau ; il allait passer outre, lorsque d'une voix humble et suppliante le pauvre s'écria :

— Monsieur Roger, par pitié, donnez-moi quelque chose.

Cet accent le fit tressaillir, il s'approcha rapidement du malheureux et reconnut Claude Molaé, encore plus pâle et plus maigre qu'auparavant.

Rougissant et confus, il lui dit d'un ton troublé par les remords :

— Mon Dieu ! mon pauvre Claude, d'où venez-vous ?

— De l'hôpital.

— De l'hôpital ! Vous avez donc été malade ?

— Hélas ! oui, monsieur, et c'est presque un miracle que je sois guéri.

— De l'hôpital ? murmurait Roger consterné, et c'est moi qui en suis cause !

— Vous et d'autres, mon bon monsieur ; mon commerce était si petit, mes bénéfices si restreints que les petits crédits que je vous ai faits à vous et à plusieurs de vos camarades ont détruit l'équilibre que je maintenais à grand'peine. Les marchands ne vendent qu'au comptant à de pauvres diables comme moi. Alors la faim est venue, puis la maladie. Je suis guéri, mais me voilà forcé de mendier. Ah! j'aurais mieux aimé mourir.

— Que je suis coupable, répétait Roger les yeux pleins de larmes; pendant que vous souffriez ainsi à cause de moi, je jouais, je riais, je dépensais l'argent que je vous devais. Mon père a raison de le dire, je deviens un bien mauvais sujet. Mais je veux me corriger, Claude; je veux réparer le mal que je vous ai fait.

L'enfant fouilla dans sa poche avec anxiété; un éclair de joie brilla dans ses yeux.

— Ah! fit-il, voici toujours vingt sous, Claude; nous sommes au lundi, j'ai touché ma semaine hier et ce matin, par hasard, je n'ai rien pris chez mame Coquel. Quel bonheur, mon Dieu! que je n'aie pas acheté de gâteaux! Mon père me donne deux francs par semaine, mais je suis si paresseux que souvent il réduit mes menus plaisirs; maintenant ce ne sera plus, je vais travailler pour vous gagner de l'argent, ami Claude.

— Oh! merci, monsieur, merci, vous me sauvez; pendant quelques jours je ne mendierai pas.

— Vous ne mendierez plus jamais. Je vais être si sage jusqu'à jeudi que maman me donnera

encore vingt sous, j'en suis sûr, et je vous les
porterai. Où demeurez-vous ?

— Dans la ruelle qui est derrière le collège, au
n° 7, sous les combles.

Roger soupira.

— Il doit y faire bien froid ?

— Oh ! oui, fit Claude en grelottant, car il ne
faisait pas chaud non plus sous le porche.

— Et vous êtes bien mal vêtu ! Mais tout cela
va finir. La semaine prochaine se trouve le jour
anniversaire de ma naissance, chaque année mon
père me donne cent francs pour en faire ce que je
veux ; ils seront pour vous, Claude. Adieu, à jeudi.

Roger avait été touché au cœur et nous savons
qu'il avait le cœur bon. Ses remords étaient cui-
sants ; l'image navrante de l'infortuné marchand,
réduit à l'hôpital par sa gourmandise, ne devait
pas quitter sa mémoire, et il était fermement
résolu à réparer sa faute.

Il rentra vite chez lui et courut s'enfermer dans
sa petite chambre ; là, tombant à genoux aux pieds
de la blanche statue qui veillait sur son sommeil,
il se mit à pleurer amèrement jusqu'au moment
où sa pendule sonna l'heure du déjeuner.

Alors il essuya ses yeux; mais, avant de se relever, il fit une ardente prière et demanda de toute son âme à son bon ange de le protéger et de l'aider à gagner l'argent nécessaire au pauvre Claude.

Roger était un enfant chrétien, il savait déjà que sans la grâce divine l'homme est bien faible pour le bien. Cette prière calma sa douleur; il mit un peu d'eau fraîche sur ses yeux rougis et se rendit à la salle à manger. Malgré ses efforts pour dissimuler sa préoccupation, il demeura silencieux et ne toucha que du bout des lèvres aux mets qu'on lui servit.

— Qu'as-tu donc, mon ami? lui demanda son père; tu es bien sérieux ce matin.

— Je n'ai rien du tout, papa.

— Si, mon bijou, dit sa mère, tu ne manges pas, tu as les yeux un peu rouges, on dirait que tu as pleuré. Serais-tu malade, chéri?

— Non, maman, je suis très bien portant; seulement, je n'ai pas faim.

— Mon mignon, c'est que tu es souffrant. Il n'ira pas au collége tantôt, le pauvre chou; n'est-ce pas, Georges?

L'enfant ne laissa point à son père le temps de répondre.

— Si, maman, j'irai au collége, mais je ne sais pas mes leçons, et si vous voulez le permettre, je vais aller les apprendre dans ma chambre; il ne me reste pas trop de temps.

— Va, mon ami ; mais avant, viens nous embrasser, répondit son père.

Roger s'empressa de se rendre à cette affectueuse invitation; en embrassant sa mère, il lui dit à l'oreille :

— Si je suis sage et que je travaille bien jusqu'à jeudi, petite mère, tu me donneras les vingt sous dont j'ai été privé cette semaine.

— Oui, mon ange, avec grand plaisir.

— Et moi je t'en donnerai autant, dit M. Dublanc qui avait entendu la demande de son fils et qui comprenait, sans en deviner le motif, que Roger prenait une sérieuse résolution.

— Merci, papa, oh merci ! fit l'enfant en retournant embrasser son père.

Et il se sauva dans sa chambre les yeux pleins de larmes, mais le cœur bien joyeux.

XV

UNE NOBLE RÉPARATION

Oui, Roger avait pris une sérieuse résolution, et pour la première fois de sa vie il sut y tenir. Cependant que de tentations le pauvre enfant eut à surmonter, quels rudes assauts il fut obligé de soutenir. Lorsqu'il entrait ou sortait du collége, c'est-à-dire quatre fois par jour, il passait devant l'attrayante boutique de mame Coquel. Malgré lui, Roger jetait un coup d'œil sur les bonbons, et le soupir de convoitise du vieil homme s'échappait de sa poitrine : jamais, lui semblait-il, l'étalage n'avait eu si bonne mine. Il pensait alors à Claude qui, sans sa pièce de vingt sous, n'aurait pas eu de pain, pendant que lui se serait bourré de gâteaux ; à Claude, à qui il devait de l'argent !

La honte lui faisait monter la rougeur au front et fortifiait son courage chancelant.

Ce petit débat intérieur se renouvelait sans cesse, il en paraissait quelque chose sur la physionomie mobile de notre héros. Mame Coquel, toujours à l'affût de ses clients, remarqua vite l'abstinence insolite du jeune Dublanc. En vain, Roger pressait-il le pas devant la boutique; en vain, choisissait-il les moments où elle était encombrée d'acheteurs, il ne pouvait se soustraire à la curiosité un peu narquoise de la rusée marchande.

A l'étude, c'était une nouvelle épreuve; les camarades, habitués à voir Roger babillard et oisif, et n'étant pas dans le secret de sa conversion, ne comprenaient rien à son air sérieux, à son ardeur au travail, et l'asticotaient à qui mieux mieux pour le faire retomber dans leurs mutuels péchés mignons.

Mais le jeune Dublanc sut traverser vaillamment ces épreuves si souvent fatales aux convertis, et le jeudi il put remettre avec fierté à ses parents un billet du supérieur attestant que Roger avait été irréprochable.

M. et Mme Dublanc donnèrent avec bonheur à

leur fils l'argent promis et l'encouragèrent à per-
sévérer dans la bonne voie où il s'était engagé.

Dès que Roger put sortir, il s'empressa de se
rendre chez Claude. Il pénétra dans l'obscure
ruelle, chercha le n° 7 et demanda au rez-de-
chaussée si un jeune homme nommé Claude ne
restait point dans la maison.

— Pardon, mon petit monsieur, faites excuse,
lui répondit un gros homme réjoui qui tenait là
un débit de vin, le particulier que vous cherchez
loge

> Là-haut, où finit l'escalier;
> Il est sa femme de ménage,
> Sa cuisinière et son portier.

Sur cette plaisanterie, le gros homme disparut
dans la cave, où il allait chercher du vin.

Roger monta tout d'une haleine les six étages
et se trouva à l'entrée d'un vaste grenier, dans
les recoins duquel on voyait des grabats témoi-
gnant que le pauvre papetier ne logeait pas seul
dans ce taudis ouvert à tous les vents; où l'on
gelait l'hiver et où l'on mourait de chaleur l'été.

Ses compagnons de misère étant au travail,
Claude était seul assis sur son grabat et soufflant

sur ses doigts pour les réchauffer. A cette même
heure, là-bas au fond de la Basse-Bretagne, ses
frères et sœurs mangeaient gaiement des crêpes
de blé noir autour du foyer paternel.

L'infortuné, en apercevant Roger, se leva
joyeux; c'était l'espérance qui entrait, et l'espérance est la constante amie de l'homme, elle ne
l'abandonne jamais.

— Mon bon monsieur, vous n'avez pas craint
de venir ici !

— Vous y êtes bien par ma faute, pauvre
Claude! Malgré ma bonne volonté je ne puis pas
malheureusement vous en retirer encore, mais
cela ne tardera plus ; mon anniversaire de naissance est proche, Dieu merci ! En attendant, voici
deux francs, c'est tout ce que j'ai pu gagner.

— Oh ! merci, merci, monsieur Roger.

— C'est bien peu, Claude.

— C'est beaucoup pour vous, monsieur, puisque c'est tout ce que vous avez ; je vivrai avec
cela jusqu'à dimanche.

— Dimanche, je vous en porterai autant, et
mercredi je vous donnerai cent francs. C'est
beaucoup d'argent et vous pourrez quitter ce

mauvais grenier où vous avez froid, car il n'y a
pas de cheminée. Comment vous réchauffez-
vous?

— Je ne me réchauffe jamais.

— Comment, vous vous levez en grelottant et
vous vous couchez de même?

— Hélas oui!

— Oh! mon Dieu, mon Dieu! s'écria l'enfant
tout ému, et les riches permettent cela!

— Ils ne peuvent pas pourvoir à tout, monsieur Roger, répondit Claude, qui prouvait qu'une
honnête nature ne se laisse pas facilement gâter
même par les déceptions et la poignante misère;
bien souvent la pauvreté a une cause peu digne
d'exciter la compassion, et nous sommes quelquefois les artisans de notre malheur.

— Cela ne fait rien, on ne devrait pas laisser
des pauvres tout l'hiver sans jamais se réchauffer.

— Comment faire, monsieur? Il faudrait tant
de bois, et il est si cher!

Roger ne répondant pas, nous allons le faire
pour lui.

Dans ces temps reculés qu'on appelle l'ancien

régime, alors que le peuple était, soi-disant, si malheureux, avant que la *grande* révolution soit venue mettre tout sens dessus dessous, sous prétexte de tout mettre à sa place, chaque ville de France avait, en outre des nombreux fours banaux, qui une fois le pain cuit offraient un chaud abri aux gens d'alentour, plusieurs chauffoirs publics entretenus par les dons et les legs des âmes charitables. Ces chauffoirs attenaient aux principaux couvents de la ville, il y en avait pour les hommes et pour les femmes ; en sorte que pendant les rudes journées d'hiver, les pauvres, que leur âge, leurs infirmités ou un chômage empêchaient de travailler, au lieu de rester à grelotter dans leurs froides demeures, venaient se réchauffer au feu allumé par ces riches l'on se plaît à nous représenter comme si durs envers le menu peuple. Les femmes pouvaient raccommoder les vêtements de leurs enfants et les vieillards prenaient un peu de distraction dans la conversation de leurs compagnons. Il y avait souvent aussi des distributions de vêtemens et de vivres ; les religieux et les religieuses, confidents dévoués des misères dont ils étaient les témoins, devenaient les intermédiaires, toujours écoutés, entre les pauvres et les riches.

En supprimant les couvents pour s'emparer de leurs biens, la *grande* révolution n'a pas songé que ces biens provenaient presque tous de legs ayant une destination inviolable devant toutes les lois divines et humaines. Les religieux étaient les exécuteurs testamentaires de ces volontés qui pour être séculaires n'en étaient pas moins respectables. En supprimant sans façon les exécuteurs testamentaires choisis par les testateurs, on eût dû au moins respecter les legs et leurs intentions, qui avaient pour but le soulagement de ce peuple que les démagogues aiment tant dans leurs discours. Non, on a tué les dépositaires pour voler le dépôt, et à la place du pain qu'on lui enlevait, on a donné au peuple une liberté dont il n'avait que faire.

Si des institutions bienfaisantes ont ressuscité après le chaos de 1789, elles sont dues à la charité catholique et au dévouement de ces religieux des deux sexes qu'on tolère pourvu qu'ils ne possèdent rien.

Quant à cette touchante et utile institution

des chauffoirs publics, elle n'a pas encore reparu.

Il était temps pour Roger de quitter Claude, mais à peine eut-il descendu deux étages qu'il remonta quatre à quatre.

— Mon Dieu ! Claude, que je suis étourdi ! j'oubliais de vous dire ce qui doit vous intéresser le plus aujourd'hui.

— Avant tout, monsieur Roger, asseyez-vous, vous êtes essoufflé ; aussi pourquoi monter si vite, surtout des escaliers qui sont raides comme une échelle ?

— C'est que j'ai l'habitude de toujours courir et gambader, et puis, ce que j'ai à vous dire va vous faire tant de plaisir.

Roger s'assit avec une simplicité toute chrétienne sur le grabat du marchand, seul siége que celui-ci pût offrir, et d'un de ces gestes charmants, qui valent plus qu'une aumône matérielle, il appuya sa main sur l'épaule de son pauvre créancier.

— Depuis ma première communion, lui dit-il, maman m'encourage à la bienfaisance et me donne tout ce dont elle peut disposer pour soulager ceux qui ont le malheur d'être dans la misère. Ce matin, je lui ai dit qu'un pauvre jeune homme très-connu au collége sortait de l'hôpital et manquait de vêtements chauds pour l'hiver, elle m'a donné de suite un vieux paletot à papa, très-bon encore, un cache-nez, un peu de linge et une couverture de laine.

— Oh! que Dieu vous bénisse, monsieur Roger, vous le méritez si bien.

— J'étais très-mauvais avant de vous avoir rencontré l'autre jour; je n'avais même pas eu le courage de tenir aux promesses faites au bon Dieu le jour de ma première communion. Maintenant c'est fini, je serai toujours sage ; je veux gagner beaucoup d'argent pour vous rendre heureux, Claude; j'expierai ainsi toutes mes méchancetés passées, le bon Dieu me bénira et mes parents seront contents.

— Ils doivent être bien fiers d'avoir un enfant comme vous.

— Oh! pour ça non, fit Roger en riant, et ils ont raison. Ce que je fais pour vous d'ailleurs n'a rien que de très-naturel, je suis votre débiteur.

— D'autres que vous le sont aussi et ils ne s'en inquiètent guère.

— Ils ne le savent pas.

— Si, autant que vous; seulement ils m'ont jeté deux sous feignant de ne pas me reconnaître; je n'ai pas osé insister.

— C'est bien mal. Grâce à Dieu, je n'ai pas le cœur aussi dur; je ne pourrais jouir de rien avant que vous ayez quitté ce froid grenier, mais il faut encore quelques jours de patience. Comment vous remettrai-je les effets que maman m'a donnés pour vous? Je ne puis vous les porter, c'est un trop gros paquet, et vous ne voulez pas être connu de mes parents.

— Non, je vous en prie, monsieur Roger, gardez le secret de ma misère.

— Que ce ne soit pas pour ménager mon amour-propre; car, quoi qu'il puisse m'en coûter, par pitié pour vous, j'avouerais ma faute à mes parents, qui vous secoureraient bien plus efficacement que moi.

— Monsieur Roger, vous connaissez mon histoire; vous n'ignorez pas non plus que mon village est assez rapproché de votre château; vos domestiques pourraient ne pas être discrets, et je serais au désespoir qu'on apprît chez moi qu'au lieu d'arriver à la fortune, je suis tombé au dernier degré de la misère.

— Alors, comment aurez-vous les vêtements?

— Ce soir, entre cinq ou six heures, je serai à votre porte; ne pourrez-vous pas me remettre le paquet?

— Oh! très-facilement; eh bien, c'est convenu, à ce soir.

De l'escalier, Roger cria à Claude:

— Il y aura une bouteille de bon vin.

Claude fut exact au rendez-vous, et Roger prit si bien ses précautions que Dieu seul fut témoin de sa charité et de la joie reconnaissante du pauvre secouru.

La fin de cette semaine fut digne de son commencement; Roger étonna tout le monde par sa sagesse et son application.

Le dimanche attendu avec tant d'impatience arriva enfin, et, dès qu'il pût disposer d'un instant, l'enfant courut au grenier de Claude lui porter sa pièce de deux francs et lui dire de venir encore à six heures chercher une bouteille de vin et quelques provisions qu'il avait mises en réserve pour lui.

XVI

LA CHARITÉ EST MEILLEURE CONSEILLÈRE
QUE L'ORGUEIL

Enfin arriva ce grand jour anniversaire de la naissance de notre héros. Pendant qu'il était encore au collége, car la fête de famille ne se faisait que le soir au dîner, ses parents eurent à son sujet une de ces petites discussions qui, hélas! ne se renouvelaient que trop souvent.

— J'espère bien, Georges, dit Mme Dublanc à son mari, que tu ne persisteras pas dans ton projet.

— Si, ma chère amie, je suis décidé à être inflexible.

— Tu crois être ferme, eh bien, tu te trompes, Georges.

— Et que suis-je donc, demanda M. Dublanc en riant, un croquemitaine?

— Tu es profondément injuste.

— Profondément! oh! c'est grave!

— Certainement; que reprochais-tu à notre pauvre Roger?

— Sa paresse et son indiscipline.

— Eh bien, il travaille comme un nègre maintenant, et hier M. le supérieur me faisait l'éloge de sa sagesse et de son obéissance.

— Je le sais; mais depuis combien de temps dure cette bonne conduite?

— Depuis dix jours, mon ami, depuis dix grands jours. C'est très-beau pour ce pauvre petit.

— Ce pauvre petit, ma chère femme, devient grand et il doit être sage toute sa vie.

— Hier, il m'a promis de l'être toujours.

— Roger nous a habitués à ne pas avoir foi en ses promesses; il s'est souvenu que l'anniversaire de sa naissance approchait, il a eu peur de ne pas avoir son cadeau, et il a travaillé pour désarmer notre sévérité, voilà tout. Dès qu'il aurait reçu les cent francs, il reprendrait sa vie ordinaire; c'est ce que je veux éviter.

— Tu vas le décourager, mon ami.

— S'il se décourage, cela te prouvera qu'il ne travaillait qu'en vue de sa récompense, alors je ne regretterai point de la lui avoir refusée; si, au contraire, il persévère dans sa bonne conduite, je saurai lui en tenir compte.

Mᵐᵉ Dublanc reconnaissait que son mari avait raison; mais il lui en coûtait de faire de la peine à son fils bien-aimé.

Roger revint du collège le cœur battant de joie; il allait recevoir enfin les cents francs si nécessaires à Claude. Il se mit à table bien gaiement, trouva excellentes les pâtisseries que la bonne Armelle avait faites à son intention, d'autant plus que depuis dix jours il n'avait pas acheté même une brioche à mame Coquel.

Au dessert, M. Dublanc ouvrit un porte-monnaie; Roger tressaillit de plaisir.

— Mon ami, lui dit son père, jusqu'à présent nous t'avons donné cent francs le jour anniversaire de ta naissance, sans considérer si tu les avais bien mérités pendant l'année; tu as désormais atteint un âge où l'on ne saurait agir ainsi; toi-même, tu ne voudrais pas jouir d'une récompense que tu n'aurais pas acquise; nous sommes très-satisfaits de toi depuis dix jours, je t'en récompenserai; voici dix francs, mon ami, j'espère pouvoir l'année prochaine te donner la somme accoutumée.

Pendant ce petit discours, Roger avait pâli, puis rougi à plusieurs reprises, l'émotion le suffoquait; cependant, comme il était très-fier, il ne voulait pas pleurer. Ah! si c'eût été pour avoir les cent francs à dépenser follement qu'il avait si bien travaillé, avec quelle joie il aurait refusé les dix francs et repris sa vie de paresse et de dissipation; mais Claude était dans un grenier, souffrant de la faim et du froid par sa faute; ces dix francs lui seraient toujours utiles; il ne pouvait donc refuser une somme qui, en définitive, ne lui appartenait pas.

Il prit la petite pièce d'or que lui tendait son père, le remercia, et après avoir embrassé ses parents, il leur demanda la permission d'aller dans sa chambre préparer ses devoirs du lendemain.

M. Dublanc comprenait que son fils avait besoin d'être seul pour donner un libre cours au déplaisir qu'il venait d'éprouver, il s'empressa de louer son zèle.

A peine l'enfant eut-il refermé la porte que Mme Dublanc s'écria :

— Comment n'es-tu pas malheureux d'avoir fait tant de peine à ton enfant ?

— Je suis très-heureux, au contraire, heureux comme je ne l'ai pas été depuis long-temps.

— Mais tu n'as donc pas de cœur, Georges ? fit la mère indignée.

— Je croyais en avoir, chère amie ; mais, comme il serait trop tard pour en acquérir, si j'en étais privé, pensons à ceux qui peuvent encore augmenter leurs qualités et se corriger de leurs défauts. Roger me semble entrer sérieusement dans une bonne voie, et cela me réjouit. Je m'attendais à une scène, il n'a pas fait une observation ; je suis content, très-content.

— Eh bien, si tu le rappelais.

— Pourquoi faire ?

— Pour lui donner son cadeau habituel.

— Il ne manquerait plus que cela ! Détruire le salutaire effet de la punition.

— Tu es trop raisonnable, Georges, fit Mme Dublanc en embrassant son mari.

Pendant ce temps, Roger, enfermé dans sa chambre, pleurait amèrement. Quand il se fut un peu calmé, il s'assit devant son bureau.

— Bien certainement, dit-il, je n'irai pas apprendre cette mauvaise nouvelle au pauvre Claude, je lui écrirai.

Il prit une feuille de papier à lettre et d'une main tremblante écrivit ce qui suit :

« Mon cher Claude,

« Je suis désolé ; au lieu de cents francs, mon père ne m'a donné que dix francs, disant que puisque je n'avais été sage qu'une semaine il n'avait pas à me récompenser pour une année. C'est peut-être juste, mais c'est bien cruel, et si ce n'était pour vous, je ne serais plus sage du tout. Rassurez-vous, Claude, pour vous rendre la position que j'ai contribué à vous faire perdre, je ferai taire mon orgueil et je resterai un bon élève.

« Je vous envoie mes dix francs avec ce billet, car je n'ai pas le courage d'aller vous les porter moi-même. Toutes les semaines je continuerai à vous donner les deux francs que je reçois et puis, pauvre Claude, je prierai Dieu de faire pour vous ce que jé ne peux faire et que je désirerais tant.

« Je vous serre la main :

« ROGER DUBLANC. »

Le lendemain matin, Roger remit au gros débitant, pour être remis à Claude, un petit paquet contenant la lettre et la pièce d'or.

Le soir même il eut sa récompense. A la sortie de la classe, il aperçut Claude à l'est de la porte du collége, en face de mame Coquel, assis devant une petite boutique de papeterie.

Le jeune marchand salua son protecteur d'un sourire reconnaissant; il allait sans doute le remercier, car il s'était levé en le voyant; mais Roger s'approcha rapidement et lui glissa à l'oreille :

— Je vous en prie, que personne ne sache ce qui s'est passé entre nous.

Pendant le mois qui suivit cet incident, Roger resta fidèle à ses promesses ; il surprit ses parents et ses maîtres par sa bonne conduite et son application. Chacun se demandait le secret d'un changement si subit. Quand on l'interrogeait, il répondait en souriant que la paresse, excusable chez un enfant, était impardonnable pour un adolescent.

Il méritait vraiment un encouragement et son père voulut le lui donner.

Un samedi après le dîner, M. Dublanc ouvrit de nouveau son portefeuille et en retira un billet de cent francs.

— Tiens, Roger, mon cher fils, tu as bien regagné le temps perdu, et je te dois une récompense ; voici ton cadeau annuel, je te le donne avec bonheur.

L'enfant resta muet de surprise ; il comprit alors que la charité est une meilleure conseillère que l'orgueil ; il se promit d'abandonner ce vilain défaut comme il avait abandonné la paresse et la gourmandise. Revenu de son étonnement, Roger se jeta au cou de son père et le remercia avec une telle effusion de joie que M. Dublanc lui dit en riant :

— Tu désirais donc bien cet argent !

— Oh ! oui, papa.

— Eh bien, qu'en feras-tu ?

— Un très-bon usage.

— C'est un mystère ? demanda Mᵐᵉ Dublanc.

— Oui, petite mère.

— Nous ne pouvons pas le deviner? questionna M. Dublanc.

— Vous n'y réussirez point.

— C'est donc bien extraordinaire ?

— Oh ! non, c'est très-simple au contraire.

— Voyons, firent M. et Mᵐᵉ Dublanc, désireux d'amuser leur fils.

Tu veux acheter un joli fusil de chasse ?

— Non, papa.

— Tu en avais envie pourtant.

— Je ne le désire plus.

— Un beau vélocipède ?

— Pas plus, petite mère.

— Une chaîne de montre en or ?

— Par exemple, non, mon parrain me la donnera.

— Des livres ?

— J'ai bien assez de ceux de la classe.

— Je parie, dit M. Dublanc, que Roger veut acheter toute la boutique de mame Coquel.

— Oh ! papa, vous êtes méchant ! D'ailleurs, je suis brouillé avec mame Coquel, je ne lui achète plus rien.

— Cela me fait plaisir, mais que fais-tu de tes semaines ?

— Je les place.

— Tu les places ?

— Oui, papa.

— Et ces cent francs, tu les placeras aussi ?

— Assurément.

— A gros intérêts ?

— Oh ! oui, fit l'enfant avec malice ; l'étonnement de ses parents l'amusait beaucoup.

M. Dublanc regarda sa femme avec un air un peu inquiet, enfin il répondit avec une gaieté factice.

— Après tout, mon ami, cet argent t'appartient, tu es libre d'en faire l'usage qui te plaira ; je suis sûr que mon fils ne voudrait pas tromper la confiance de ses parents.

— Vous pouvez en être certains, répondit avec un accent convaincu Roger, heureux d'en finir avec un interrogatoire qui menaçait son secret.

Ce soir-là, il embrassa ses parents encore plus

tendrement que de coutume et rentra le cœur bien joyeux dans sa petite chambre.

— Il faut que je surveille cet enfant et que je sache où va son argent, dit M. Dublanc à sa femme dès que Roger les eut quittés.

Mme Dublanc ne répondit pas ; elle avait confiance en son fils, et cependant elle ne pouvait se défendre d'une certaine inquiétude.

XVII

HEUREUSE MÉPRISE

La joie tint Roger éveillé toute la nuit. Il
compta les heures qui lui semblaient interminables. Il se leva avec le jour, voulant aller à la messe
du collége qui se disait à sept heures, afin de se
rendre le plus tôt possible chez Claude, mais son
son père l'accompagna et ne le quitta plus de la
journée. L'enfant était désespéré ; il avait renoncé à voir le marchand ce jour-là, lorsque,
vers cinq heures du soir, une visite retint M. et
Mᵐᵉ Dublanc au salon. Roger n'hésita pas une minute ; ses parents rendaient à peine leurs saluts
aux visiteurs qu'il était dans la rue, marchant si
vite qu'on eût cru que les pavés lui brûlaient les
pieds.

A l'entrée de la ruelle, il heurta sans y prendre

garde un jeune homme qui s'arrêta tout à coup
en le voyant; Roger marchait toujours et ne remarquait rien.

— Tiens! fit l'individu heurté, je connais ce
gamin-là! Mais c'est Roger Dublanc; il a bien
grandi. Que peut-il aller faire dans cette mauvaise ruelle?

L'inconnu suivit le jeune collégien et le vit
entrer au nº 7.

— Il va chez un marchand de vin. Le petit
gredin, les oranges ne lui suffisent donc plus, il
va devenir ivrogne. Eh bien, mon garçon, je vais
te faire donner une leçon aussi verte que celle
que tu as reçue de la mère Jeanne.

Et le jeune homme, sans réfléchir davantage,
se mit à courir dans la direction de la place des
Lices, se disant que si M. Dublanc prenait son
fils sur le fait, il aurait bien plus d'autorité pour
le réprimander, autrement le petit garnement
pourrait bien nier sa faute.

La porte du salon venait de se refermer sur la
visite qui avait permis à Roger de s'échapper,
lorsqu'elle s'ouvrit de nouveau, et Gérard Aubert
essoufflé fit son entrée dans l'appartement.

— Vous ici! monsieur Gérard! s'écria Mᵐᵉ Du-blanc avec un air de joyeuse surprise.

— Qui nous procure le plaisir de vous voir, mon cher ami? dit M. Dublanc en lui tendant la main.

— Votre fils, répondit Gérard un peu embar-rassé; il commençait à trouver qu'il s'était jeté étourdiment dans une drôle d'aventure.

— Roger? je vais l'appeler, fit Mᵐᵉ Dublanc,

— Je viens de le voir entrer dans une ruelle mal famée qui se trouve derrière le collége.

— C'est impossible, monsieur Gérard, vous vous êtes trompé, mon fils est dans sa cham-bre.

— Pardon, madame, Roger est dans un caba-ret borgne, situé au n° 7 de cette ruelle; j'ai été sur le point d'aller l'en arracher, mais j'ai pensé que je n'avais aucun titre pour user d'autorité envers un collégien qui n'est plus un bambin.

— Vous avez eu raison, monsieur, c'est à moi qu'il appartient de le faire.

Mᵐᵉ Dublanc parcourait son appartement, ap-pelant vainement Roger, pendant que son mari consterné murmurait :

13

— Serait-ce possible qu'un vice aussi hideux ait pu à ce point le corriger de ses autres défauts! Je vais chercher notre fils, dit-il à sa femme lorsqu'elle revint affirmer que Roger était bien sorti.

— J'irai avec toi, Georges.

— Oh! non, madame, vous ne pouvez vous hasarder dans cette rue, j'accompagnerai monsieur Dublanc.

Quelques instants après, les deux hommes frappaient à la porte du débit de vin.

— On y va, répondit une voix enrouée.

Notre connaissance, le gros homme réjoui, vint ouvrir et reçut les visiteurs avec empressement.

— Qu'est-ce qu'il y a pour votre service, mes bourgeois?

— N'avez-vous pas ici un élève de Saint-Vincent, âgé d'environ douze ans?

— Oh! que nenni, ce gibier-là ne se chasse pas ici, mes bons messieurs.

— Cependant je l'ai vu entrer chez vous tout à l'heure.

— Vous aviez la berlue, je ne connais aucun élève du collége de Monseigneur et à plus forte raison n'en ai-je pas dans mes pratiques. D'ailleurs, j'ai des principes, messieurs, et je n'attire pas les enfants chez moi pour les enivrer comme le font certains de mes confrères.

— Vous auriez raison, monsieur ; cependant, tout me porte à croire que pour aujourd'hui, du moins, vous avez un peu transgressé vos principes, dit M. Dublanc que l'impatience commençait à gagner.

—Ah çà ! qui donc êtes-vous pour venir dire au père Gervais qu'il ment ? répondit le cabaretier avec humeur.

— Le père de l'enfant qui est entré ici, il y a une heure à peine.

— Ce serait une excuse à votre intempérance de langue, grommela le digne Gervais. Mais, aussi vrai que je suis ici, il n'est venu aucun enfant chez moi aujourd'hui.

M. Dublanc et Gérard se consultèrent du regard. Que faire ? Ils ne pouvaient pas visiter de force la demeure du débitant de vin.

— Ah ! dit tout à coup celui-ci, je crois que j'ai votre affaire. Votre mioche ne porte par l'uniforme de l'école ?

—Non, il est externe.

— Bien, bien, il y a un jeune garçon d'une douzaine d'années, gentil, très-élégant, fort poli, à preuve qu'il me tire toujours sa casquette, qui vient ici quelquefois.

— Vous voyez bien ?

— Mais je ne l'ai pas vu ce soir ; faut croire, s'il est venu, que j'étais dans l'arrière-boutique lorsqu'il a passé.

— Comment passé ?

—Eh, oui, vous dis-je, ce n'est par chez moi qu'il vient.

— Chez qui, alors ?

— Oh ! dame ! il commence tout à rebours, dit le père Gervais avec un gros rire ; c'est mon voisin du grenier qu'il visite.

— Quel est ce voisin ?

— Un assez pauvre diable qui habite

> Là où finit l'escalier;
> Il est sa femme de ménage,
> Sa cuisinière et son portier.

Le gros homme avait, on le voit, des chansons favorites.

— Quels rapports peut-il y avoir entre cet homme et mon fils?

— Excusez, mon bourgeois, je n'ai pas l'habitude de questionner mes colocataires ni leurs visiteurs. Je soupçonne que ce garçon se fait nourrir par votre fils, comme je le disais à mon épouse, et je crois que vous ferez bien de vous en mêler, car c'est une honte que des fainéants abusent de la charité des enfants riches; il y a bien assez de vrai pauvres, bon Dieu!

Un soupir de joie vint soulager le cœur oppressé du père de Roger.

— Vous voulez peut-être voir Claude Molac? demanda le cabaretier.

— C'est l'homme que visite mon fils?

— Lui-même, pour vous servir.

— Où est-il?

— Là où finit l'escalier. Il est...

— On sait le reste, interrompit Gérard.

— Vous faites bien le fier, monsieur l'ébouriffé; aussi n'est-ce pas pour vous que je vais monter là-haut, mais pour éclairer le père de ce gentil petit monsieur si bien élevé, qui me salue toujours avec un si joli sourire.

— Montons doucement, je désire surprendre mon fils.

Les trois hommes étouffèrent le plus possible le bruit de leurs pas ; arrivés au sixième étage, le cabaretier éteignit sa lampe et on s'arrêta à l'entrée du grenier.

A la faible lueur de la chandelle de résine, ils aperçurent Roger et Claude Molac, assis tous deux sur le grabat, unique meuble du pauvre papetier.

Le jeune Dublanc tenait en main son billet de banque que Claude refusait.

— Non, monsieur, disait ce dernier avec fermeté, je n'accepterai pas cet argent, ce serait abuser de votre bon cœur ; vous me deviez dix francs, vous m'en avez donné plus de vingt, c'est bien assez.

— Mais, mon bon Claude, c'est pour vous que j'ai gagné cette somme ; c'est pour vous faire quitter ce grenier que j'ai tant travaillé et que j'ai été si sage ; en refusant, vous me faites beaucoup de peine, je ne tiens plus du tout à cet argent.

— J'en prendrai une partie, mon bon monsieur, ce qu'il faut pour bien garnir ma petite
boutique ; je vis de très-peu et suis habitué à être
mal logé.

— Je veux que vous acceptiez tout ; je veux
que vous ayez une chambre moins froide que
celle-ci.

— Le brave petit bourgeois, dit le cabaretier
tout ému, je l'avais bien jugé de suite. Je le disais
à mon épouse, il m'ôtait si poliment sa casquette. Si j'avais un enfant comme cela, j'en
serais fier tout de même.

— Au moins, monsieur Dublanc, ne dites jamais à Roger pourquoi je vous ai amené ici, il ne
me le pardonnerait pas, dit l'artiste.

— Mais moi, je vous en remercie, vous avez
agi en véritable ami et vous m'avez fait mieux
connaître et mieux aimer mon fils.

— C'est impossible, continuait Claude, je ne
puis, en conscience, accepter une si forte somme
d'un enfant de votre âge. Si vos parents le savaient, ils pourraient avec raison me reprocher
cela comme une indélicatesse.

— Les parents de Roger vous en donneront le

double, mon ami; d'abord pour récompenser votre honnêteté, et surtout pour vous remercier du bien que vous avez fait à leur fils, dit M. Dublanc, intervenant tout à coup dans le débat, au grand étonnement des deux interlocuteurs.

Ils se levèrent stupéfaits.

— Comment êtes-vous ici, papa?

— Je désirais connaître l'emploi mystérieux de tes cent francs, mon cher enfant, dit l'heureux père en attirant son fils dans ses bras; je t'ai un peu surveillé, m'en veux-tu?

— Oh! non, papa; seulement Claude ne voulait pas qu'on le vît dans la misère où je l'ai placé.

— M. Roger exagère sa responsabilité; il me devait dix francs de fournitures de bureau, c'est vrai; mais je suis tombé malade avant de les lui avoir réclamés, et pendant six mois il ne m'a pas revu. Dès qu'il m'a reconnu, il est venu à moi, m'a donné tout ce qu'il possédait, m'a visité avec bonté dans ce misérable grenier, a travaillé pour avoir des menus plaisirs et me les donner; depuis six semaines, tout l'argent qu'il a touché a été pour moi, il n'a pas dépensé un sou en friandises, et, si je ne l'en avais empêché,

il vous eût avoué ce qu'il appelait sa faute, afin
de me procurer de plus abondants secours. Votre
fils a un cœur d'or, c'est le seul de mes petits
débiteurs, et j'en ai plusieurs à son collège, qui
ait songé à s'imposer une privation pour me
rendre un argent qui, hélas ! m'était très-néces-
saire.

— Je vois avec plaisir, mon ami, que mon
fils avait affaire à un garçon d'une rare honnêteté, car son bon cœur, qui n'est pas encore
guidé par une raison très-sûre, aurait pu l'entraîner trop loin, s'il n'avait été en rapport avec
un digne jeune homme comme vous. Désormais,
nous seconderons de notre mieux l'intérêt que
vous a voué mon fils; de sa sagesse et de son
application dépendra votre avenir; nous le ré-
compenserons en augmentant votre bien-être.

— Ce sera ma meilleure récompense, petit
père; pour l'ami Claude, je travaillerai avec ardeur.

— Très-bien, mon enfant; en attendant, l'ami
Claude me paraît bien mal logé.

— Faites excuse, mon digne bourgeois, dit
le cabaretier, permettez que je mette mon mot

dans cette affaire; ce sera un grand honneur pour
moi, comme le trouvera mon épouse; car ce n'est
pas pour vous flatter, mais si tous les riches vous
ressemblaient, le monde serait un peu meilleur,
et le... ce n'est pas cela que je voulais dire; foi
de Gervais, je crois que l'émotion me fait tourner
la langue. Enfin, bref, pour en arriver où je veux
en venir, voici ce dont il s'agit. J'ai au sixième
une petite mansarde qui fait partie de mon logement, vu que tous les locataires ont la leur. Mon
neveu Bournichon, qui est tombé au sort, l'occu-
pait du temps où il m'aidait pour mon commerce;
maintenant qu'il est parti, elle est libre. C'est
une gentille petite chambre, mon épouse l'a ar-
rangée elle-même.

— Ouf! fit Gérard, quand arrivera-t-il au dé-
luge!

— Je vous loue cette mansarde pour Claude,
dit M. Dublanc.

— La louer, monsieur, vous voulez me dés-
honorer! Est-ce que vous croyez, parce que je
ne vis pas de mes rentes, que je suis un avari-
cieux.

— Mais alors, je ne comprends pas...

— Je veux offrir gratuitement cette chambre à Claude pendant tout le temps qu'il lui plaira d'y loger.

— C'est très-bien, dit vivement M. Dublanc, je n'ai pas eu l'intention de vous offenser, songez que je vous connais depuis une demi-heure à peine.

— Cela suffit, monsieur, j'accepte vos excuses, fit le père Gervais d'un air digne ; j'invite de plus Claude à dîner et je vais subséquemment, comme disent les militaires, le présenter à mon épouse.

— Mon cher Claude, dit Roger joyeusement, tous les bonheurs vous arrivent à la fois, et maintenant, avec la permission de mon père, vous allez accepter mes cent francs.

— Prenez-les, mon ami, ils sont bien à vous, répondit M. Dublanc, pour mettre fin aux hésitations de l'honnête homme.

Et pour se soustraire à ses remercîments, il entraîna son fils et Gérard.

— Comment vous êtes-vous trouvé là-haut, monsieur Gérard ? demanda Roger.

—Il est arrivé aujourd'hui à Rennes, je l'ai rencontré, et nous avons fait route ensemble,

répondit M. Dublanc qui remarqua l'embarras de
l'artiste.

— Si vous voulez, monsieur, je vais presser le
pas et avertir Mme Dublanc qui doit être inquiète,
dit Gérard qui désirait recommander à la mère de
Roger le silence sur son intervention dans cette
affaire.

— De quoi maman pourrait-elle s'inquiéter?

— Il est six heures et demie, et nous devions
être à table à six heures, mon fils.

Et M. Dublanc, en riant, ajouta à demi-voix :

— Décidément, Gérard vous commettez maladresses sur maladresses.

— C'est que je suis mécontent d'avoir soup-
çonné ce bon Roger.

— Ses antécédents justifiaient si bien vos soup-
çons que, moi, son père, je les ai partagés.

— On juge avec quelle joie Mme Dublanc accueillit son fils.

— Tu vois que j'avais raison de défendre ce
cher enfant, dit-elle à son mari.

— Oh ! répondit celui-ci en riant, ma réplique
serait trop longue, je la remets à plus tard. Met-
tons-nous à table, et vous allez nous faire con-

naître, mon cher Gérard, ce qui vous amène à Rennes?

— Mon mariage avec Mlle Pennerf que je viens vous annoncer.

— Je l'avais prévu, dit Mme Dublanc.

— Comment votre carrière artistique s'accommodera-t-elle de ce mariage? demanda M. Dublanc.

— Nous passerons l'hiver à Paris et l'été en Bretagne. Je reviens de Paris où j'ai placé très-avantageusement plusieurs tableaux bretons; j'ai des commandes; avec cela nous pourrons entrer très-convenablement en ménage, Dieu fera le reste.

— Et nous, mon cher ami, nous vous félicitons sincèrement; vous épousez une charmante jeune fille, et vous ferez, nous en sommes sûrs, un excellent mari.

— J'ai une lettre d'Hélène pour Mme Dublanc, et M. et Mme Pennerf m'ont chargé de vous inviter à notre mariage.

— A quelle époque est-il fixé?

— Ce sera le 2 janvier.

— Oh! quel bonheur! fit Roger, je serai en vacance, je pourrai y aller aussi.

— Mais j'y compte bien. Ainsi vous acceptez, vous nous ferez tant de plaisir !

— Nous acceptons certainement et avec beaucoup de bonheur ; dites-le bien à la famille Pennerf en lui transmettant toutes nos félicitations.

— Roger sera mon garçon d'honneur, dit Gérard ; il aura pour demoiselle d'honneur la petite nièce d'Hélène.

— Aujourd'hui, nous n'avons rien à refuser à Roger, firent en même temps M. et Mme Dublanc.

XVIII

VISITE A L'ILE AUX MOUETTES

Le 31 décembre, les invités de la famille Pennerf arrivèrent à X. Roger y fut reçu avec enthousiasme; Gérard avait raconté sa conversion et le
beau trait de charité dont il s'était trouvé témoin,
et cela avait suffi, naturellement, pour effacer la
mauvaise impression que le petit voleur d'oranges
avait laissée dans l'esprit de cette bonne famille.

Le 1ᵉʳ janvier, le temps était magnifique;
M. Pennerf proposa à ses visiteurs d'employer
cette belle après-midi d'hiver à faire une prome-
nade dans les environs.

Cette invitation fut acceptée avec empressement; les fiancés, qui ne pouvaient aller courir à
travers champs la veille de leur mariage, restè-
rent à la maison aider Mᵐᵉ Pennerf et quelques

vieilles tantes à organiser la maison pour le lendemain.

— Voyons, Roger, offre le bras à ta demoiselle
d'honneur, dit M. Dublanc.

Roger dissimula mal une grimace peu équi-
voque. A douze ans, on préfère gambader en
liberté que d'avoir une dame à son bras, quelque
charmante qu'elle puisse être. Heureusement,
Mlle Anna, jolie blondine de dix ans, partageait
ses goûts.

— Oh ! pas le bras, fit-elle avec une petite moue
dédaigneuse, nous nous donnerons la main et
nous courrons ensemble, ce sera plus amusant.

— Ce sera aussi plus de votre âge, ajouta
M. Pennerf. Où allons-nous ?

Chacun fit des propositions diverses et on ne
savait auxquelles s'arrêter, lorsque Roger, moitié
riant, moitié rougissant, dit :

— Si nous allions souhaiter une bonne année
à la mère Jeanne et voir si elle veut enfin accepter le prix de ses oranges ?

— C'est cela, s'écrièrent plusieurs voix, allons
voir cette brave femme que domine un si féroce
amour maternel.

— Nous allons profiter du bateau de passage qui est justement en partance.

Pendant la traversée, Roger amusa beaucoup la compagnie en racontant les menus incidents de son naufrage, et, comme Anna riait aux larmes de la colère de la mère Jeanne et de la rentrée de Roger dans la ville au milieu de toute la population de l'île, le jeune garçon lui déclara que depuis ce jour il avait été radicalement guéri de sa mauvaise habitude de dérober des friandises, et que pour rien au monde il ne voudrait s'exposer de nouveau aux humiliations qu'il avait subies dans l'île aux mouettes.

Le marinier, qui avait parfaitement reconnu Roger, offrit aux visiteurs de les conduire chez la mère Jeanne.

La vieille filait, assise devant sa porte ; à la vue de tous ces gens de la ville qui s'avançaient vers sa demeure, elle se leva étonnée.

— Me reconnaissez-vous, mère Jeanne ? demanda Roger en saluant poliment.

— Je ne pense pas que je vous aie jamais connu, mon joli gars, répondit la pêcheuse après avoir tiré sa révérence à la compagnie.

— Cherchez bien dans vos souvenirs, mère Jeanne ? fit M. Dublanc.

— Oh ! par exemple, je vous reconnais parfaitement, monsieur. Bon Dieu ! serait-ce possible, ce petit garçon...

— Est celui que vous avez si charitablement recueilli, acheva Roger, et qui a payé votre hospitalité en vous volant les oranges de Jeannic ; depuis, mère Jeanne, il a fait sa première communion et travaille de toutes ses forces à se corriger de ses défauts ; ne voulez-vous pas lui pardonner ?

Personne ne s'attendait à ce noble aveu ; Mme Dublanc tout émue s'approcha de son mari :

— Quel enfant que notre fils, Georges ! murmura-t-elle avec fierté.

— Ce sera un homme de cœur, répondit M. Dublanc en serrant la main de sa femme.

— Vous pardonner ! Jésus-Marie, mon bon petit monsieur, il y a longtemps que c'est fait. Jeannic a grondé sa vieille mère à cause de vous, il m'a dit qu'on ramenait à ses parents un enfant qui vole des friandises, mais qu'on ne le livrait pas aux gendarmes.

— Votre fils a raison, affirma M. Pennerf.

— C'est que, voyez-vous, monsieur le docteur, il a beaucoup voyagé et en sait plus long que sa pauvre mère. Si ces messieurs et ces dames voulaient entrer se reposer chez moi, j'en serais bien flattée.

— Très-volontiers, mère Jeanne.

— Je vais aller traire ma vache et vous boirez du bon lait tout chaud.

La paysanne revint bientôt, et, après avoir tout disposé pour offrir une légère collation à ses visiteurs, elle leur dit avec un air de complète béatitude :

— [Je voudrais vous offrir mieux, mais je vous donne de bon cœur ce que j'ai; reposez-vous un peu en attendant l'arrivée de mon fils que je vais avoir le bonheur de vous faire connaître.

— Ah! Jeannic est ici !

— Oui, il est en congé pour voir sa vieille mère et aussi pour se marier.

— Nous serons enchantés de faire sa connaissance, fit M. Dublanc.

— Et votre future belle-fille, est-elle digne

de votre fils, mère Jeanne ? demanda la mère de
Roger.

— Autant que cela se peut, répondit la digne
femme pour qui son fils était un vrai phénix.

Son amour-propre si convaincu amena un sourire sur les lèvres des assistants.

— Mon fils épouse Michelette, la plus belle et
la plus sage des filles du pays ; je l'ai quasiment
élevée cette enfant ; sa mère est ma voisine et
nous la garderons pendant les voyages de mon
fils. Tenez, les voici tous deux.

Pendant qu'on causait ainsi, M. Dublanc s'était
un peu retiré dans l'ombre projetée par la grande
cheminée; il avait tiré de son porte-monnaie deux
billets de banque, avait enveloppé chacun d'eux
dans une feuille arrachée à son carnet, avait tracé
quelques mots au crayon sur ces petits paquets,
puis il avait appelé son fils.

— Mets cela, sans que personne s'en aper-
çoive, sur les chandeliers où tu as naguère pris
les oranges.

Roger lut à la hâte la suscription des paquets.

— Oh! papa que vous êtes bon !

La mère Jeanne avait raison d'être fière de son

fils ; c'était un fort bel homme qui devait être un marin intelligent et intrépide ; sa fiancée était superbe de santé et de grâce naïve. On félicita sincèrement la pêcheuse du bonheur de ses enfants, et l'on reprit le chemin du rivage où le bateau de passage attendait.

Lorsque les étrangers furent partis, Jeannic dit à sa mère :

— Il est charmant votre petit voleur, ma mère ; où avez-vous trouvé le courage de tourmenter comme vous l'avez fait un si joli enfant ?

— Je tenais tant à tes moindres cadeaux, mon fils ! D'ailleurs, si j'ai réussi à le corriger, il n'y a rien à regretter.

— A ce point de vue, je ne dis pas non. Tiens, qu'est-ce que ceci ? fit le marin en prenant sur les chandeliers les petis paquets de M. Dublanc.

Il lut la suscription.

« A Jeannic, de la part de Roger Dublanc, pour offrir à sa fiancée. »

Le jeune homme déploya les papiers, dans chacun était contenu un billet de cent francs.

— Les braves gens ! s'écria la mère Jeanne ;

ça va vous mettre bien à l'aise pour entrer en ménage, mes enfants. On a raison de dire que de secourir les naufragés porte bonheur.

— Demain, ma mère, après la messe de mariage de Mlle Hélène, nous irons remercier cette excellente famille.

ÉPILOGUE

Une douzaine d'années environ après les événements que nous venons de raconter, au rez-de-chaussée d'une petite maison située aux abords de l'école Saint-Vincent, à Rennes, s'ouvraient deux modestes magasins, l'un de papeterie, l'autre de pâtisserie, tenus par M. et Mme Claude Molac. Sur le seuil de la porte de la papeterie, une jolie fillette de quatre à cinq ans semblait guetter l'arrivée d'une personne vivement attendue.

Tout à coup l'enfant battit des mains et rentra dans le magasin en courant.

— Papa, maman, voici parrain qui arrive, voici mon bon parrain !

Puis elle sortit toujours courant pour souhaiter plus tôt un joyeux bonjour à un beau jeune homme de vingt-quatre à vingt-cinq ans qui arrivait vers elle le front rayonnant. Il se baissa,

souleva la petite fille dans ses bras et entra chez
le papetier chargé de son gracieux fardeau.

— Bonjour, Claude, bonjour, madame Molac,
comment allez-vous ?

— Très-bien, monsieur Roger, asseyez-vous
donc.

Le jeune homme s'assit, gardant l'enfant sur
ses genoux.

— J'apporte de bonnes nouvelles, Claude, de
très-bonnes nouvelles.

— Vous êtes reçu docteur, monsieur Roger ?

— Oui, mon ami, grâce à Dieu et grâce à vous !

— Oh ! monsieur...

— Il n'y a pas à dire ; si je ne vous avais rencontré sur ma route, je serais devenu avant-hier
un petit crevé, hier un gommeux, aujourd'hui un
poisseux, demain, que sais-je !... Toujours un
malhonnête homme.

— Oh ! monsieur Roger, vous aviez le cœur
trop bon !

— Mon ami, la paresse gangrène le cœur ;
elle est la mère de tous les vices ; quant à la
gourmandise, elle détruit la santé et ruine l'intelligence. Ces vices enfantent les malhonnêtes.

gens, car ils le sont, ces jeunes hommes, pour
lesquels la langue française invente les surnoms
les plus abjects; qui gaspillent la fortune de leur
famille, désolent leurs parents, sont inutiles à
tous, et, au lieu d'être l'exemple du peuple qui
imite tout ce qui est placé au-dessus de lui, sont
pour lui une pierre d'achoppement, un scandale.
Donc, grâce à vous, Claude, j'ai été reçu docteur, avec les éloges de MM. les professeurs,
et comme je n'ai pas acheté ma thèse et que mes
parents sont enchantés, j'apporte sous mon
bonnet doctoral le commencement de la dot de
ma filleule.

Roger remit à l'enfant un joli portefeuille
qu'elle tendit à son père. Louise Molac était ins-
crite sur le grand-livre pour cent francs de rente.

Claude et sa femme ne savaient comment remercier le généreux jeune homme. Roger dit
gaiement :

— Nous travaillerons encore pour bien arron-
dir cette somme, et quand ma filleule sera devenue
une belle fille, je la marierai à un honnête garçon,
n'est-ce pas, Louisette? Elle aura un petit-fils
nommé Claude; ses parents devenus de grands

négociants le feront riche ; il deviendra peut-être
député, protégera, qui sait ? les petits-fils du parrain de sa mère, et, sans être oisif, sera riche et
puissant comme Claude Molac rêvait de le devenir
lorsqu'il croyait qu'il était facile aux aïeux d'être
leurs petits-fils.

— Vous avez raison, monsieur, dit Claude avec
un sourire où il ne restait aucune trace de regret
pour les illusions envolées, c'est ainsi que cela
doit être ; de cette façon, les transformations so-
ciales s'accomplissent sûrement sans péril pour
le pays, ni pour les particuliers.

— C'est ainsi que s'est formée la société ; autrefois les familles arrivaient, aujourd'hui les in-
dividus parviennent, et c'est un grand malheur
pour tous.

Le jeune docteur se leva ; Louisette s'élança
vers la pâtisserie et rapporta à son parrain une
assiette des gâteaux qu'elle jugeait devoir être les
meilleurs.

— Ami Claude, fit Roger en riant et en prenant un petit gâteau, auriez-vous fait à votre fille
la confidence des faiblesses de son parrain?...

M. Dublanc avait tenu sa parole; les progrès de

Roger avaient été la base du bien-être de Claude.
Le jour où le jeune Dublanc fut proclamé lauréat
du grand concours, le papetier put s'installer dans
la jolie boutique où nous le trouvons actuellement.
Quand Roger fut reçu bachelier, Mme Dublanc
demanda à Claude s'il ne désirait pas se marier.

— Si, madame; mais il me faut travailler, afin
de mettre de côté la somme nécessaire pour entrer en ménage.

— Roger vous l'a gagnée, mon ami. Avez-vous
pensé un peu à la femme qu'il vous faudrait?

— Oui, madame; Jeanne Coquel, la fille de ma
voisine, la marchande de gâteaux, me convien-
drait, et je crois qu'elle ne me refuserait point.

Mais avant de fixer sa position et de s'établir
définitivement à Rennes, Claude s'était souvenu
qu'il avait lui aussi une dette sacrée à payer.
Depuis le jour où il avait quitté furtivement le
toit paternel, son cœur était brisé de remords;
mais les déceptions, la misère et surtout la fausse
honte qui les accompagne, avaient empêché le
pauvre garçon de donner à ses parents le moindre
signe de vie. « Non, se disait-il, je veux leur
épargner la douleur de me savoir malheureux.

Comment pourrais-je, du reste, supporter l'humiliation de revoir mes camarades d'enfance? Oh! Eostick, oh! Candal, vous aviez bien raison: mieux vaut chanter et rire dans les bosquets de notre campagne fleurie, que grelotter et pleurer dans la mansarde d'une grande ville... »

Maintenant que la charité avait relevé son courage et que le bonheur allait lui sourire, Claude sentait plus impérieusement le besoin d'embrasser sa mère et d'obtenir avec le pardon de son père une bénédiction toujours si féconde et si fortifiante pour un fils bien-né.

Il revit donc son village et, par un sentiment d'une exquise délicatesse, il vint frapper à la porte de ses parents au jour anniversaire de sa fuite. Sa mère le reçut avec une tendresse infinie, et 'son père', que la douleur tenait courbé plus que les ans, le garda longtemps serré dans ses bras sans proférer une parole. « Je savais bien, dit-il enfin, que tu nous reviendrais un jour. Que Dieu soit béni et la bonne sainte Anne! » Claude raconta longuement les épreuves des années écoulées, les bontés de la famille Dublanc et les vertus de Roger qu'il exaltait avec enthousiasme.

Mais quand il arriva au but de sa visite, la pauvre mère redoubla de sanglots :

— Tu veux donc nous quitter pour toujours ? dit-elle.

— Oh ! répondit Claude avec attendrissement, ne pleurez pas ainsi, ma bonne mère. Venez plutôt à Rennes auprès de nous. J'aurai maintenant, Dieu merci, de quoi suffire à tous nos besoins.

— Non, mon cher enfant, dit le père Molac, les vieux arbres ne peuvent être transplantés ; ils sont bientôt desséchés quand on les déracine. Nous avons besoin ta mère et moi de l'air vivifiant de notre campagne, de la vue de nos landes, du parfum de nos genêts. Nous irons bénir ta fiancée et assister à votre noce. Tous les ans, nous célébrerons ensemble à Rennes l'heureux anniversaire de votre union.

— Qu'il en soit ainsi, ajouta la mère en essuyant ses larmes ; mais tous les ans, à pareil jour, tu nous renouvelleras ta visite pour expier ta faute, ou plutôt pour adoucir nos regrets.

— Oh ! pour cela, répondit Claude avec une vive émotion, je vous en fais la promesse.

Quelques jours après, Claude Molac rentrait à

Rennes le cœur content et annonçait à sa fiancée l'heureuse issue de son voyage.

Jeanne Coquel devint bientôt Mme Molac, et la réception de Roger comme licencié en droit lui valut la petite pâtisserie qui ajoute à l'aisance du jeune ménage.

Lorsque Roger rentra chez lui, il trouva ses parents consternés.

— Qu'y a-t-il? demanda le jeune homme.

— Oh! un affreux malheur!

— Qu'est-ce donc?

— Jules Dervieux, ton condisciple, s'est suicidé.

— Grand Dieu! est-ce possible?

— On a retrouvé, ce matin, son cadavre dans la Vilaine.

— Quels motifs donne-t-on à cet acte de désespoir?

— Ses dettes.

— Cela ne m'étonne pas; il menait un train de prince, et, pour comble de malheur, il jouait un jeu effréné.

— Son père, après avoir payé des sommes considérables, lui avait déclaré, il y a un mois, qu'il ne payerait plus ses folies. La semaine dernière, il a perdu trente mille francs au jeu ; ne sachant comment faire pour payer cette dette qu'on appelle, je ne sais pourquoi, dette d'honneur, il a perdu la tête et s'est jeté dans la rivière. Sa famille est au désespoir.

— J'ai toujours pensé que ce pauvre Jules tournerait mal, dit Roger ; il contractait des obligations même au collége ; comme moi, il devait de l'argent à Claude Molac ; mais il ne l'a jamais remboursé. Sans votre piété, ma mère, sans votre juste sévérité, mon père, j'aurais pu devenir comme lui.

— Il est certain, dit M. Dublanc en souriant, qu'étant enfant tu marchais à grand pas dans une bien mauvaise voie.

— C'est Claude qui m'a arrêté sur cette pente ; Dieu et vous avez fait le reste. Le jour où j'ai vu, par ma faute, ce pauvre Molac réduit à la plus affreuse misère, j'ai éprouvé une honte si profonde et une si intense douleur que j'ai juré, et j'ai tenu mon serment, que j'avais fait ma première et dernière dette.

FIN

TABLE DES MATIÈRES

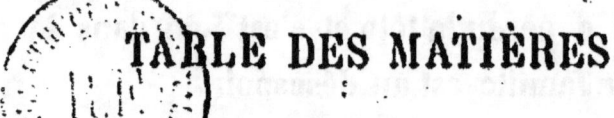

IMPRIMERIE D. BARDIN, A SAINT-GERMAIN.